Renato Essenfelder

Ninguém mais diz adeus

Curitiba
2020

exemplar n° 170

capa, ilustrações e projeto gráfico **FREDE TIZZOT**
encadernação **LABORATÓRIO GRÁFICO ARTE & LETRA**

E 78
Essenfelder, Renato
Ninguém mais diz adeus / Renato Essenfelder. – Curitiba : Arte & Letra, 2020.
210 p.
ISBN 978-65-87603-02-5

1. Crônicas brasileiras   I. Título

CDD 869.4

Índice para catálogo sistemático:
1. Crônicas : Literatura brasileira   869.4
Catalogação na Fonte
Bibliotecária responsável: Ana Lúcia Merege - CRB-7 4667

arte & letra
Curitiba - PR - Brasil
Fone: (41) 3223-5302
www.arteeletra.com.br - contato@arteeletra.com.br

Para a minha mãe, Liane,
e minha filha, Alice.

Sumário

1. Anatomia da fuga..................9
2. A grande escolha..................12
3. Não se pode amar e usar o celular ao mesmo tempo..........15
4. O Réveillon pertence às crianças..................17
5. Ninguém mais diz adeus..................19
6. A pedagogia dos dinossauros (trabalhar sob pressão)..........22
7. Nunca tive o sonho de ser milionário..................26
8. Ler é muito perigoso..................29
9. Os mares da infância..................33
10. Amantes não são metades de uma laranja..................35
11. A cabeça envelhece..................39
12. Autoestrada das lamentações..................41
13. Infância açucarada..................44
14. As armadilhas da memória..................47
15. Em defesa dos prazeres difíceis..................50
16. Paris e a professora..................53
17. Elogio ao tédio..................55
18. As notícias de nossa morte foram muito exageradas..........57
19. São Paulo sob a pele..................59
20. Você é o que você conta..................61
21. Da importância de encontrar a sua própria turma..........65
22. O beijo é o prenúncio de algo..................69
23. Belezas malditas..................71
24. Verdade e fantasia no Carnaval..................74
25. Escolha a felicidade..................77
26. Os 30 são os novos 20..................79

27. Gabriel García Márquez..................................82
28. O maior dos pecados....................................85
29. Quem disse que a noite é feita para dormir?.....88
30. Cada azulejo tem a sua poesia........................90
31. Vencer a mediocridade.................................93
32. Tolerância vs. liberdade................................96
33. Elogio ao egoísmo.......................................98
34. O amor começa..100
35. Fazer da viagem a minha poesia...................103
36. A morte do passarinho................................105
37. Tudo é por acaso.......................................107
38. O silêncio não salva...................................109
39. Visita ao zoológico....................................111
40. Estúpidas certezas.....................................113
41. Alice,...117
42. Tudo muda, menos a gente..........................120
43. Da importância das coisas inúteis................122
44. Viajar é naufragar a si próprio.....................124
45. O melhor de uma viagem............................127
46. Deixa chorar...131
47. Viver para ganhar.....................................135
48. Dezembro não passa..................................137
49. Somos todos medíocres..............................139
50. Sem falsa modéstia...................................142
51. Distante da civilização..............................144
52. Pensar demais, pensar de menos.................147
53. Saber a felicidade....................................150
54. Ando pensando em arrumar um vício..........153
55. A vida é como a dengue............................155

56. A morte do pai...157
57. As lições da escola..160
58. Um segundo a mais...163
59. Pelo direito de odiar..165
60. Viagem ao centro do umbigo...........................168
61. Parecia que a internet ajudaria
a reduzir o medo entre nós......................................170
62. Sobre gente que gosta de almoçar sozinha....................173
63. A gente sabe o que vai estudar,
mas nunca sabe o que vai aprender......................................175
64. Onde estará a poesia?..177
65. O que significa conhecer alguém?....................180
66. Corra e olhe o céu..183
67. Um dia os amantes irão se reencontrar............185
68. Não se leve tão a sério.......................................187
69. Para onde vai o nosso deslumbramento?.........189
70. A beleza importa..191
71. Casal sem senhas..193
72. Um dia apenas..195
73. Inconsequente, responsável...............................197
74. Os ressentidos..199
75. Relacionamento é a coisa mais simples do mundo........201
76. Você é uma pessoa interessante?.......................204
77. Visita às sombras..207
78. O que acontece quando um sonho
se torna inevitável?...209
79. Deixa ela entrar..213

1. Anatomia da fuga

Poderíamos ser vela, poderíamos ser porto. Vento; pedra. Mas não ambos ao mesmo tempo.
O mar transborda de peixes. Arrumamos as malas com pressa e desleixo – deixamos, sempre, para a última hora. Nenhum de nós gosta muito de fazer malas. Mas gostamos de estar na estrada, e eu lhe pedi que mantivesse uma pequena sacola de emergência sempre à mão, para que fugíssemos sem planos.
E assim, sem aviso, descemos até o litoral.
As coisas acontecem de repente. Repito mais devagar, como um mantra: as coisas; acontecem; de repente. Veja, é a única forma de acontecerem, é a única maneira de se realizarem plenamente. O acontecimento previsto, planejado, é como a espuma que enche a fronha. Preenche a expectativa que lhe pôs no mundo e depois desaparece sem deixar vestígios – mesmo que esteja ali, sob nossas cabeças. Murcha como uma velha almofada. Então é esquecido.
O que está fora das planilhas permanece invisível. E surpreende. Sempre.
No litoral, com o cálice nas mãos, poderíamos ter aguardado a hora da chuva – a previsão do tempo falava em chuva, então bastava aguardar para encher a taça até a borda e apaziguar nossa sede. Seria, talvez, o mais sensato. (Na sua bolsa sempre havia: maquiagem, dinheiro amassado, documentos, lenços, óculos riscados, seda, tabaco

e caixas de remédio. Eu me alegrava se encontrasse nos bolsos um tostão esquecido.)

Mas não. Eu não nasci com jeito de carregar taça e aguardar o encontro das massas de ar. Queria que a tempestade me pegasse de surpresa, queria, de verdade, que chovessem rãs e sapos sobre as nossas neuras e que um cálice caísse do céu em minhas mãos já rubro e licoroso. E das mãos fosse aos lábios, e dos lábios fosse à língua, e da língua ao coração quente, num despropósito tão sem sentido quanto tudo em nós: o próprio acidente de existirmos, apesar de todas as probabilidades, e de sermos um casal. Um casal. É claro que eu esperava algo sem sentido. Muitas marés.

O mar estava tão gelado. Ou era apenas: contraste?

Você fazia suas palavras cruzadas e eu esperava o imprevisto. O imprevisto, o acontecimento nem sequer sonhado, infinito e ilimitado. Contava suas sardas aguardando o milagre, algo que não pudesse nem mesmo ser pedido, nem mesmo ser desejado, porque não coubesse nas planilhas de desejos. Algo imenso como a vida. Éramos o milagre, ali.

Voltamos à estrada, e os nossos caminhos se separaram. Agora a imensidão me cerca. É tão bonita. O mar transborda de peixes. Em meio à abundância de tudo, o veleiro nunca está vazio. Nem eu. Ela desceu em algum porto de pedra, em algum país antigo. Suas mãos trêmulas estavam ansiosas por terra. Eu segui.

Acordo cedo, faço um café, escrevo um poema despretensioso e abro as velas sobre a água crespa da primavera. A embarcação espreguiça sorridente, pulsando sob os meus pés — quantas aventuras já não imaginará?

Os dias são longos e bons, mesmo com as nuvens carregadas. Há tanto a viver, mas tanto e tanto que ninguém saberá descrever em lugar algum da imaginação.

Se tivéssemos atentado à previsão do tempo estaríamos ainda em casa, amedrontados: jamais qualquer coisa teria nos impelido a sair naquele tempo. Estaríamos resignados.

Mas saímos.

Ela foi para o porto. Eu abri vela na tempestade.

2. A grande escolha

Ela estava sempre a caminho de alguma coisa. No início, preocupava-se em identificar o destino. As pessoas não entenderiam, se não o fizesse. Então ela estava a caminho da escola, a caminho da faculdade, a caminho do trabalho, a caminho de casa – onde, por certo, aguardariam por ela marido e filhos sedentos de um amor compreensivo e maternal.

Quer dizer, essa seria a história, se ela não a tivesse interrompido.

Ela estava sempre a caminho de alguma coisa, e sempre precisava justificar o destino da caminhada. Pra que tanta pressa? Pra que tanta angústia? Pra que sair de casa? As provas, as reuniões, os doutores e senhores compromissos pareciam indispensáveis.

Mas um dia balançou os ombros, virou lentamente a cabeça para trás, para os olhos de seus pais, angustiados, e arrematou: "A caminho de nada".

Sempre existe "o dia". O "até o dia em que...", o incidente incitante que guarda a semente da revolução. A bifurcação da estrada.

Em meio à floresta densa, intransponível, abrem-se dois caminhos. O primeiro de chão batido, bem sinalizado (embora ninguém saiba se as placas mentem ou não): o conhecido.

O segundo, feio, torto, entre cobras e lagartos, coberto de teias de aranha, quase inexplorado, intimida. Mas "o dia" só se realiza por ele: o estranho imprevisível.

No caminho conhecido "o dia" vira outro dia, mais um dia, tudo igual, dia a dia. É pavimentado de *você já sabia, eu te avisei, faça isto* e *alcance aquilo*. Mais ou menos previsível – ou melhor, imprevisível, como tudo o mais na vida, mas em alguma medida mapeado. Esse caminho não garante sucesso algum: ao contrário, repete que você vai ter de se esforçar muito. Mas ele garante, ao menos, um parâmetro de sucesso. Diz: se você se empenhar realmente, chegará à casa, ao carro, à família. À estabilidade. Eis a medida do sucesso.

O outro caminho também não garante sucesso algum – aliás, muito menos. Ele nem vai lhe dizer o que o sucesso é. "Se você se esforçar bastante", confirmarão as ninfas da encruzilhada, "pode ser que chegue a algum lugar".

– Mas, se não se esforçar nada, quem sabe chegue ainda mais rápido.

Quando chegou para ela "o dia", a garota hesitou e partiu pelo caminho desconhecido. Respirou fundo e disse: não sei para onde estou indo, mas vou.

– Por quê? – os pais, horrorizados, perguntaram.

Ela não soube responder. Não era mais menina e não havia o que dizer. Eles queriam mapas, planos, placas. Eles queriam, ao menos, saber o que era "o sucesso" para ela.

A menina não tinha nada disso. Ela não tinha nada além do sentimento. Mas o sentimento, sabia, é a coisa mais fina do mundo.

Seguiu o sentimento. Ela estava a caminho, agora, não para chegar a algum destino. Ela trilhava o desconhecido, um mundo sem mapas.

– Por quê? – as melhores amigas também perguntaram.

Ela não tinha uma boa resposta, então seguiu, apenas. Aquilo lhe parecia certo, e, sendo certo, parecia fácil. O esforço que fizera, até então, fora contra a vida, e não a seu favor. Estava cansada. Queria, agora, apenas fluir – e confluir.
Como se já não houvesse grande escolha, como se já não houvesse floresta ou bifurcação. Sem pensar em nada, queria ser, ela mesma, a estrada.

3. Não se pode amar e usar o celular ao mesmo tempo

Eu soube que tudo estava acabado quando ela sacou o celular. Era o nosso quarto encontro, e até então nenhum trinado, chamado ou vibração poderia nos tirar da doce circunavegação das primeiras vezes, nos arrancar do arrebatamento macio em que nos encontrávamos, ainda, recém-enamorados.

Mas então ela atendeu o telefone. Pior, muito pior: na verdade o celular nem tocara nem nada. Ela simplesmente estendeu o braço em direção ao aparelho. Foi um desses gestos de curiosidade inocente, misto de ansiedade, tédio e um distanciamento transoceânico. Colocou a bolsa sobre o colo enquanto eu discorria sobre cães e gatos; abriu-a lentamente, num deleite íntimo que até me fez imaginar outros desfechos; sorriu com o canto dos lábios. Sacou o celular.

Era isso. Era o tédio que se instalara. O celular, a fronteira final. A linha divisória de tudo. A campainha que interrompia o torpor dos novos amantes. Início e fim de tudo. Início de umas conversas madrugada adentro, umas fotografias bobas às três horas da tarde, uns recadinhos meigos. Fim: o torpedo rijo e seco, sem margem para os mistérios de uma caligrafia tremida de antigamente: "A gente se vê por aí". Ou o silêncio. Ou o "ok".

Dos próximos passos eu já sabia, cruzada aquela linha. No encontro seguinte, ela colocaria o aparelho ostensivamente sobre a mesa e olharia a tela com o canto dos olhos – uns bonitos olhos amendoados, perfeitamente cravados em pele muito branca –, tentando ainda disfarçar seu trânsito entre dois mundos. O nosso, que eu julgava perfeitamente romântico, de vinhos finos e queijos adocicados, e aquele outro, intangível, em que bilhões de algarismos se revezariam trazendo notícias de Paris e da esquina.

Depois disso já não haveria preocupação nem sequer de disfarçar o contrabando. O mundo dos bits fatalmente iria se sobrepor a todo o resto. A campainha que arranca os amantes de seu torpor soaria de minuto em minuto, nervosamente. Até o modo silencioso, precária salvaguarda contra o fim anunciado, seria eventualmente dispensado.

As mãos dela repousariam cada vez menos sobre as minhas, a voz dela se tornaria inaudível e seus lábios sorririam sem que eu soubesse a razão. Quem pode competir com milhares de amigos virtuais, fofocas em janelas multicoloridas?

As pupilas contraídas e baixas, o rosto iluminado por um azul pálido. Chamei sua atenção mas não me percebeu. Ela já nem era ela. Era quem? Fantasma.

Estava tudo decidido. Saí resoluto no meio do quarto encontro. "O que foi?", ela perguntou, quase assustada, voltando-se para mim por um segundo. "O celular", respondi.

– O que tem? –, ela reagiu, confusa.

– Depois te mando uma mensagem.

4. O Réveillon pertence às crianças

A festa de Ano Novo pertence às crianças, apesar do adiantado da hora. Nós, os adultos, somos intrusos. Olhamos à frente na expectativa de grandes transformações, como a lagarta que adormece no casulo ainda úmido. Recalibramos promessas e desejos, pois o tempo parece então palpável, criatura que se pega nas mãos. Se soubermos bajulá-la, tudo nos dará, ronronando. Durante a contagem regressiva dos dez segundos, a visita cruel do tempo parece até amistosa. Uma trégua. O bicho recolhe suas garras. Os adultos usam roupas novas e chapéus de festa e assopram línguas de sogra, disfarçando a idade, na expectativa de que o tempo não os desmascare.

As crianças, no entanto, estão simplesmente lá, sem pompa. Curtindo, dormindo, jogando, vendo TV sem pretensões nem expectativas. Reclamando da comida e querendo explodir os fogos. Com o tempo ao seu lado, não precisam tentar domesticá-lo nem fazer mesuras.

Os pequenos e seus porquês sem resposta desconcertam: por que o Ano Novo é hoje e não em outro tempo? Por que medir o tempo assim e não assado? Por que, da noite para o dia, tudo seria diferente? O que é que tem de mais no Réveillon?

São boas perguntas, digo, mas não vão livrar ninguém da faxina. A faxina é a melhor prática da filosofia.

Ainda que não entendam os rituais de Réveillon, as

crianças são, por excelência, donas da festa. A elas pertence o futuro melhor, a esperança, a renovação.

Mas tudo que para elas é natural, para nós é empenho. Um esforço até de cardápio: romãs, lentilhas, uvas, nozes. Comer só a carne de bichos que andam e olham para a frente, minha mãe ensinou. Nada de frango ou peru, que ciscam para trás. Até nas postas sobre a mesa estão postas promessas e esperanças.

Os rituais mais lúdicos nos aproximam da verdadeira essência da festa: brincar com o tempo, esquecer que nosso estoque de passado cresce à medida que o futuro se esgota. Pular ondinhas, enterrar moedas no arroz cru, guardar sementes de romã na carteira, escolher as roupas íntimas pela cor. Até nisso o Ano Novo tem algo de divertimento infantil. Algo, também, da crença ingênua, pueril, dos nossos primeiros anos: atirar flores ao mar, pisar na água com o pé direito à frente, dar pulinhos.

Por isso, não convém ser sério demais no dia 31. Convém, ao contrário, despertar a criança que ainda existe. Deixá-la mandar. Rir, brindar, festejar. Amar puramente. Ceder, doar. E, para quem estiver cansado, apenas dormir. Exausto e contente.

A essência do Ano Novo talvez seja exatamente esta: voltar a ser criança. Ter, por um dia, o futuro inesgotável à frente, como se fôssemos infinitos e como se cada Ano Novo reafirmasse isso.

5. Ninguém mais diz adeus

Tchau, até logo, adeus, nos vemos, falou, abraço, beijo; sem mais. Era mais ou menos assim que eu costumava encerrar as minhas conversas – a depender da situação, a depender do interlocutor. A entonação era, claro, fundamental. Conforme o acento, conforme o molejo, compreendia-se que o próximo encontro estaria logo ali à esquina ou então além do horizonte dos fenômenos previsíveis ou desejáveis.

À sorte ou ao nunca mais. É isso. Passar bem.

Logo descobri as cartas – na mesma época em que descobri o amor – e tomei gosto por escrevê-las. Mandava-as para parentes, amigos, namoradas. Todas devidamente encerradas por expressões como "saudades", "mande notícias", ou, se mais formal, "atenciosamente". E um abuso de pontos de exclamação.

Foi a mesma história com o e-mail. Circulavam, inclusive, à época de sua popularização, guias de etiqueta a respeito de como iniciar e de como encerrar um e-mail para os mais diversos públicos. Era assunto seríssimo, nos idos dos anos 90.

Mas então surgiram os SMS e, pouco depois, os chats instantâneos, à moda do WhatsApp. E, com eles, desapareceram as mensagens de despedida.

Tornou-se comum que as conversas sejam subitamente interrompidas – e isso não parece incomodar ninguém. O diálogo é mais pragmático, sem rodeios, sem floreios, sem flores à partida.

— Você vai ao show?
— Sim.

Pronto, a conversa acabou. Sem mágoas. Sem a necessidade de despedidas. Obteve-se a informação pretendida e a vida seguiu seu curso.

Mas a conversa, em realidade, não chegou a terminar. Entrou em uma espécie de animação suspensa. A qualquer momento o celular ou computador apita e surge mais uma frase. Horas — até dias — depois, retoma-se o assunto como se nada houvesse ocorrido. O ritmo é soluçante. O fim é o reinício.

— Sexta ou sábado?
— Sexta. E vc?

Nova interrupção. A próxima frase — se houver uma — pode tanto piscar na tela em menos de dois segundos como levar vários dias para surgir, na forma de um "como foi lá?" ou de um assunto completamente novo. Digamos, "você anotou a aula de química?".

Assim vivemos: um diálogo sem despedidas, presente perpétuo, encontro permanente. As redes, comunicadores instantâneos e celulares nos colocaram a todos em contato contínuo e imediato. Se Deus já estava morto, morrem agora os adeuses. Quem ainda costuma se despedir dos amigos nas conversas mediadas por computador?

Não sou, contudo, nostálgico. O mundo mudou. Que mal há, afinal, na supressão de tchau, até logo, adeus, nos vemos, falou, abraço, beijo? Talvez seja mesmo melhor assim. Sejamos práticos. Quem precisa de tantos adeuses? Para que tanta despedida?

E digo mais:

6. A pedagogia dos dinossauros (trabalhar sob pressão)

Em uma de minhas primeiras experiências profissionais na vida, conheci Tião. Tratava-se de um tipo grosseiro e mal humorado, que aparentava ter uma ou duas décadas a mais do que tinha. Conhecer é modo de expressar. Eu nunca conheci Tião. Tião era meu chefe.

Tratava-se de uma figura desproporcionalmente arrogante, dada a sua inteligência. Pensando melhor, era compreensível que fosse assim arrogante (demorei anos, e muitos fortuitos encontros, para perceber que os mais humildes à minha volta eram também os mais brilhantes, que aqueles que já não tentavam provar nada, cujas marés repousavam silenciosas, sem alarde, na penumbra estrelada, eram os únicos capazes de me afogar com uma palavra, com um olhar).

Tião se orgulhava de sua elevada capacidade de liderança. Confundia autoridade com respeito, medo com carisma. Desenvolvera um método de gestão peculiar cuja máxima não professada era: uma lágrima por dia. Ou, nos seus termos: cada dia, um esculacho.

E como éramos esculachados. Assim nós, os peões exaustos, mas necessitados daquele miserável salário, acabamos bolando uma bizarra estratégia de sobrevivência. Criamos uma escala diabólica segundo a qual ninguém poderia ser espinafrado mais do que uma vez por semana. Cada um teria a sua vez. A hora e a vez do esporro inominável.

Para cumprir a escala, bastava cometer um dos erros inadmissíveis aos olhos do carrasco. A lista era longa – portanto, fácil de infringir. Atrasar-se alguns minutos, usar roupa inadequada, não atender a uma ligação dele imediatamente, errar uma crase (tinha especial predileção por crases), fitá-lo diretamente nos olhos, gaguejar, improvisar, tomar decisões. Ou, claro, ser mulher. Era o suficiente, pois Tião era, além de tudo, misógino. Nós, garotos, também recebíamos nossa dose de esculacho, mas eram menos frequentes. Coisa de uma vez por semana, e não três.

De fora, os colegas assistiam àquilo entre o espanto e o divertimento. Alguns, solidários, entre uma cerveja e outra no balcão das lamentações, consolavam: mas pense no lado positivo.

Pensei no lado positivo: um troglodita sempre traz muitas oportunidades de aprendizado; ninguém dura para sempre; trabalho é trabalho, a vida é maior do que isso.

Essa era a insólita tábua de salvação de muitos entre nós, mas não tardou para que a madeira se mostrasse podre. O tal aprendizado se dava apenas no campo do cinismo, do pânico, da depressão, da angústia e, mui eventualmente, da crase. Há rigor e há brutalidade. Não tínhamos um chefe rigoroso, ele era apenas brutal.

Como vaso ruim não quebra, e como Tião já trabalhava no local havia 30 anos, duvidávamos da hipótese de que ele não duraria para sempre. Como o diabo, era imortal. E, ainda que fosse óbvio que ele não duraria para sempre, bastava a ideia de que duraria mais uns anos, ou meses, para que o choque de realidade nos destroçasse.

Os que diziam que aquilo tudo, a humilhação diária, era "só trabalho", não conseguiam vencer um "dia normal de trabalho" sem flertar com o alcoolismo. Nunca é só trabalho. É impossível distinguir a vida pessoal da profissional. A vida é a vida.

Assim, casamentos ruíram à sombra de Tião. Gastrites proliferaram. Cachorros e crianças ficaram à míngua. Desenvolvemos o rodízio de esporros para conseguir sobreviver por mais algum tempo no hospício, na esperança de que o Deus do Velho Testamento – ou uma blitz do Ministério do Trabalho – fulminassem aquela rotina.

O que mais me espantava, contudo, eram os colegas que desenvolviam uma carapaça. Os que não se importavam. Eu achava que a insensibilidade a Tião era mais difícil do que a insensibilidade à radiação atômica. De Tião, nem as baratas escapavam. Mas não: havia, sim, um reduzido número de funcionários que simplesmente não se importavam. Ouso pensar que gostavam, até, da maneira como ele tratava os subordinados. "Tudo bem, eu funciono melhor sob pressão", diziam os bravos. Mas eram também aqueles que se dobravam à banalidade do mal e apenas aguardavam a oportunidade de, eles mesmos, tornarem-se chefes. Tiões entre Tiões.

Como o peixe das fossas, contudo, fui me deformando à medida que adaptava corpo e alma àquela situação, àquela pressão insuportável. Torne-me um trabalhador abissal.

Aguentei-o sete meses e pedi demissão. Não aceitaram a minha demissão e contrapropuseram uma transferência de setor. Aceitei. Passei a trabalhar mais e melhor, sem temer os vapores ácidos das ventas de Tião.

Hoje, desconfio de qualquer pedagogia do parafuso, do assédio; de boas intenções em dinossauros. É verdade que não penso mais que o trabalho precise ser prazeroso. Não precisa. O trabalho não alegra, não enriquece nem enobrece – por si só, não produz nada espiritualmente edificante. Ao contrário das pessoas, dos relacionamentos humanos, da natureza, do universo, um trabalho é um trabalho. Sorte é poder fazê-lo em paz.

7. Nunca tive o sonho de ser milionário

Nunca tive o sonho de ser milionário – que dirá bilionário, palavra que há vinte anos nem fazia parte do noticiário. Mesmo. Já joguei algumas vezes na Mega-Sena, é claro, como qualquer brasileiro. Coisa casual: andando pela rua, esperando o ônibus que tarda, o amigo que atrasa, simplesmente vagando, entrava na casa lotérica no meio do caminho e arriscava quatro ou cinco reais. Então sonhava o que faria, e por quem, com o dinheiro que (não) receberia.

Na verdade, isso tem mais a ver com uma memória afetiva do que com meu apetite pelo jogo. A lembrança de minha mãe trazendo as filipetas da loteria para que preenchêssemos – seus filhos ainda crianças – com nossos seis números mágicos. Para uma criança, era um momento de grande solenidade: a confiança materna depositada cegamente sobre nós. Escolham seis números, quaisquer números, e quem sabe ganhamos milhões. Mas tem de preencher do jeito certo. Toda a bolinha. Caneta azul ou preta.

Acho que alguém chegou a acertar quatro números, certa vez, mas o prêmio foi esquálido. Apenas o suficiente para incentivar novas apostas.

Minha mãe teve, por um tempo, esse hábito de apostar na Mega. Eventualmente, desistiu. A verdade é que à medida que os filhos cresciam e se arrumavam na vida, com seus próprios trabalhos, seus próprios tetos e boletos, a vontade de ser milionária arrefecia. Desconfio, aliás, que nunca quis ser realmente milionária. Só queria, coitada, mãe coragem com três rebentos e um salário modesto, não precisar pensar em cheques especiais, cartões de crédito, promissórias e dívidas. Esquecer o lápis com que fazia as contas do mês, esquecer o malabarismo e relaxar.

Talvez esteja no sangue, a modesta ambição material. A meta: um teto, nenhuma dívida, livros para ler, filmes para ver, shows para dançar. Uma viagem de tempos em tempos – pouco importa o destino. Pronto, bastaria. Até mesmo o carro, o desejo de um veículo confortabilíssimo e vistoso, perdeu seu gás com o tempo. Depois dos trinta, eu só quis um automóvel que levasse do ponto A ao ponto B. Perto dos quarenta, não quero automóvel nenhum.

Um dia, sem surpresa, sem alarde, percebemos que já tínhamos isso tudo. Aleluia: conquistáramos, como família, o pacote conforto básico. Sossegamos. Sossegamos?

As ambições, é claro, persistem, martelam o estômago por dentro. Mas sim, sossegamos. Os desejos se tornam mais e mais impalpáveis. O desassossego, desde sempre, era artístico, intelectual, e pode voltar a ser. Ela querendo pintar mais e melhor, eu querendo escrever mais e melhor. Ela querendo estudar fotografia; eu, cinema. Aprender mais sobre tudo, expandir horizontes, dar vazão à vida interior, tão mais vasta que os 50 metros quadrados de casa.

Mas hoje leio que oito homens, têm, juntos, mais dinheiro do que 3,6 bilhões de pessoas – a metade mais pobre do planeta. Leio e releio, tento entender. Eu, que nunca quis lugar nesse clube, me pergunto o que seus membros pensam disso. São os campeões do mundo, ídolos? Ou, no silêncio da noite estrelada, haverá uma ponta de incômodo diante dessa riqueza obscena? Ou ainda: será que a riqueza pode ser obscena? Ou o dinheiro emplastra todas as dores da alma?

No fundo acho que há algo constrangedor em ter tanto dinheiro. Cada homem ali tem mais dinheiro, sozinho, do que 450 milhões de pessoas somadas. Um homem mais rico do que o Brasil inteiro! Fosse eu, desesperava-me. Talvez quisesse doar quase tudo para me sentir aliviado e, com um punhado de dólares, seguir a vida. Dar-se um salário de vinte, trinta mil reais mensais, por toda a vida, já não bastaria para viver sem preocupações?

Mas eles não querem apenas viver sem preocupações materiais. Querem a divindade, e, com seus bilhões de dólares no bolso, são deuses na terra que diviniza a posse. Deuses de carne e osso, jatinhos e joias, caminhando longe de nós.

Mas quanto mais se tem, maior a preocupação de perder tudo. Então são deuses preocupados, deuses tensos. Como está a Bolsa? O dólar? Como andam os derivativos da soja?

Como se sente um deus? Então é assim que se sente um deus?

Arre, estou farto de deuses. Sou só humano, demasiadamente. Eles que vivam sem vergonhas, mas cheios de preocupações. Eu gosto das coisas humanas, muito mundanas. A beleza do que não se pode especular. A vida ao rés do chão.

8. Ler é muito perigoso

Finda a última página, a pequena Alice riu. Atirou sobre o sofá o surrado exemplar de Menino Maluquinho e, na sua inocência infantil, perguntou: pai, que livro eu posso ler agora?

A casa está abarrotada de livros. Primeiro os enfileirava na vertical, em ordem de tema, e, dentro dos temas, alfabética – pelo sobrenome do autor, como aprendi de minha mãe, bibliotecária. Depois, contudo, e à medida que a coleção de livros crescia, descobri que caberiam mais exemplares se os combinasse numa intrincada combinação de eixos: vertical, horizontal, diagonal. Uma arquitetura delicada de acaso e reflexão, de encontro e desencontro.

Como a própria vida.

Resulta portanto que Ziraldo se apoia em Shakespeare, Fernando Pessoa se irmana a Joseph Mitchell, Dostoievsky se escora em Borges e uma profusão de obras científicas sobre jornalismo, psicologia, filosofia e economia embaralha-se num caos semiestruturado. Em realidade não é uma coleção de livros, mas uma criação. No recôndito das prateleiras, no silêncio da estante, tenho quase certeza de que se multiplicam por conta própria. Capitus e Quixotes engatam romances improváveis e, no fim de semana, quando os desalojo para espanar o pó – mesmo os maiores clássicos eventualmente juntam pó –, espanto-me com títulos até então desconhecidos. De onde veio esta Divina Comédia?

– Pai, que livro?

Retorno do devaneio. A estante é sempre um convite ao devaneio, e o devaneio, um jardim de caminhos que se bifurcam furiosamente. Muitas vezes ela me perguntou o sentido da vida (ainda aos seis anos de idade descobriu, divertindo-se deliciosamente, que a questão desconcertava os adultos à volta: "Pai, por que a gente existe?"). Mais de uma vez respondi: o sentido da vida é vivê-la da melhor maneira possível, filha. Ou, simplesmente: o sentido da vida é ser feliz. Expliquei ainda que não era um sentido reto, mas um caminho cheio de curva e desvio.

Como esta estante, labirinto de traças e pequenos seres, reais ou imaginários, que pela madrugada se arrastam de capa a capa.

Lembrei-me de minhas leituras de pré-adolescência e dos anos de formação literária. Tudo muito eclético e de alta qualidade, abastecido por uma afetuosa bibliotecária particular. Vinícius de Moraes, Pablo Neruda, Fernando Pessoa, Shakespeare e afins, até o ponto de decorar longas passagens. Um melancólico livro de cabeceira anunciava "Vinte Poemas de Amor e uma Canção Desesperada". Na varanda eu repetia versos que até hoje carrego na estante mambembe da memória: "Cuerpo de mujer, blancas colinas, muslos blancos, / te pareces al mundo en tu actitud de entrega".

As leituras que, sem exagero, moldaram o meu caráter.

"E das bocas unidas fez-se a espuma / E das mãos espalmadas fez-se o espanto."

Tornando-me insuportavelmente romântico, irremediavelmente idealista. Suspiroso. À espera de um encontro casual com a Primeira Mulher do Nunes, por quem vivo ainda hoje uma paixão platônica.

Durante toda a vida, na melhor das intenções, recomendaram-me livros. Muitos livros. Não sabiam, é claro, que a leitura é uma atividade de risco. A hora da leitura é potencialmente a hora da morte, a hora do novo. Um encontro, e, necessariamente, uma despedida.

A leitura é feita de partidas.

Não tenho dúvidas, hoje, de que teria me tornado outro homem se não houvesse lido Vinícius de Moraes aos 12 anos, se não houvesse decorado os tais vinte poemas de amor desesperado do Neruda. Teria outra visão de mundo, outra pele, outra carapaça. Outra fibra. Se não me houvesse entranhado a desesperança de um Pessoa nem o galanteio perfeitamente ornamentado de um Shakespeare.

Se houvesse lido, quem sabe, um manual do homem moderno – digamos, um desses textos contemporâneos onde se leria "confie em si mesmo", "o amor é uma invenção moderna", "siga os mandamentos da mente milionária".

Toda leitura é um risco. Ler é precipitar-se sobre um abismo que também olha para você. Mola o caráter, torna a gente mais ou menos gentil, mais ou menos cético, mais ou menos corajoso, mais ou menos cínico. Ler é muito perigoso. E nunca trará a resposta daquela dúvida que minha filha tem desde os seis anos de idade.

Foi adulto que entendi que o sentido da vida é: em frente. Virar a página. Recordar a emoção dos primeiros capítulos. Reler e ler. Seguir. A biblioteca de Babel não tem fim.
Eu não sei que livro dou para a minha filha ler.

9. Os mares da infância

Eu era criança e tinha fascínio pelo mar. Passava as férias no litoral de Santa Catarina, em uma praia discreta e ainda escondida da grande especulação que viria. Às vezes tomava o ônibus desde Curitiba, em pleno inverno, e sozinho desembarcava no meio da estrada – a única parada possível. Caminhava por cinco ou seis quilômetros com a mochila surrada nas costas sem encontrar nada além de garoa triste e cães vadios. Sentia-me livre.

Na praia, a lenta passagem das horas não incomodava: diante do mar sem fim, com os pés plantados na areia, imaginava todas as coisas que poderiam surgir diante de mim – embora nada, de fato, acontecesse. Nenhuma bela garota, nenhum tesouro esquecido, nenhum navio pirata, nenhum manuscrito, nenhum vendaval. Nem o vendedor de picolés nem a barraca de pastéis; no inverno, só garoa e brisa, areia de ventre estufado e pedras escorregadias.

Mas tudo eu imaginava; então, tudo bastava.

Hoje, quando vejo o adolescente na praia deserta e úmida, com os pés na areia e os olhos desancorados, estremeço de melancolia. Já homem, pai, preocupado demais, se pudesse povoaria aquela cena de amigos e coreografias, cerveja e som.

Mas o menino, não. O menino, que sabia ser menino do jeito que só ele poderia ser, sem se preocupar com os outros, com as expectativas dos outros, com as responsabilidades para com os outros, estava feliz. Mais que feliz:

explodia por todos os cantos. Seu coração acelerava e desacelerava com a aproximação das marias-farinha, sua pele arrepiava com o sopro incessante do oceano, seus lábios contraíam ao toque do sal e da areia, seu estômago era fome e mais fome: excitação.

Ainda que no mundo inteiro não houvesse mais ninguém, estaria pleno. Não tinha nada, mas pensava em versos, rebobinava cem vezes a fita no walkman e gargalhava excitado com a possibilidade de ser, ele mesmo, um pedaço do mar. Um pedaço daquilo. Não tinha nada porque não precisava de nada. Era parte de tudo. O menino e o mar.

É pena que o menino cresça, e, cercado de responsabilidades, torne-se o adulto que sou. Há anos sem ver o mar, sem provar areia ou brisa. Assim, ilhado.

A praia vazia é melancólica demais para suportar.

Hoje, quando volto à praia, quando volto àquela praia, não volto mais ao que eu era. Espero que venha o sol, espero a companhia de outros banhistas, os ambulantes, os confortos. Quando chove, ligo a TV, nem saio de casa. É tudo triste demais para suportar.

Não a praia. Não o mar. Eu.

10. Amantes não são metades de uma laranja

Fiquei tocado pelo rompimento do casal. Deu nas manchetes de toda a parte. Eles eram bonitos, formavam um belo casal, como se diz. Ela: loira, alta, um sorriso deslumbrante. Ele: galã moderninho, covinhas, barba por fazer. Muitos dentes muito brancos.

Acompanhei o imbróglio pela imprensa. Se a prostituição é a profissão mais antiga do mundo, a traição há de ser o enredo ancestral – tema das primeiras novelas de que se tenha notícia. Adão há de ter traído Eva. Ou o contrário. E não me refiro à serpente do Paraíso, mas ao que veio depois: o mundão sem deus.

A minha vizinha é uma senhora doce e dócil de sessenta e poucos anos de idade. Conversamos no elevador. Ela com o jornal debaixo do braço e lágrimas sob os olhos confidenciou-me baixinho: era um casal tão bonito. Pareciam feitos um para o outro. Caras-metade.

Cara-metade. Aquilo ecoou em mim. Cara. Metade. Tampa da panela, metade da laranja, feijão do arroz, baião-de-dois. Imaginei uma cara pela metade. Um busto romano despedaçado.

Desci do elevador apressado, como que tomado da súbita emergência de me livrar de todas aquelas (meias) considerações.

Foi então que me lembrei do manuscrito encontrado em Buenos Aires.

*

Foi no café Tortoni, na Avenida de Maio, em uma sexta-feira fria e chuvosa que encontrei o manuscrito. Era na verdade um surrado caderninho de capa azul comprado lá na Papelera Palermo, com timbre e tudo, feito artesanalmente. Estava úmido, tinha manchas de café preto, cheirava a cigarro e trazia uns rabiscos caóticos que me exigiram toda a experiência de professor para decifração.

Procurei seu dono. Alertei os garçons portenhos. Deram de ombros.

Levei o caderninho para casa. Nenhuma indicação de autor, apenas uma anotação trêmula na segunda capa: *Beatriz.*

*

No manuscrito de Buenos Aires eu descobri o que é o amor. Foi ele que me contou que uma metade de laranja não serve para nada. Só serve para meio copo de suco aguado.

Guardo-o com carinho.

Tive poucas mulheres objetivamente lindas.

A beleza-em-si, que tanto atrai e excita, é, de várias virtudes, a mais frágil, entre tantas: a inteligência, a cultura, a retórica – os modos de falar e seus conteúdos.

A beleza é a virtude que mais depressa passa: por enjoo, por cicatriz, por gravidade. Mas a grande inteligência tam-

bém não vem sem custo. Traz o fardo da insatisfação perpétua, às vezes um desprezo vaidoso. É a lenha das vaidades. Já a cultura erudita, no âmbito doméstico, eventualmente cansa. É palco solitário de discursos autoedificantes. É aborrecida. A retórica afinada seduz – e posterga. Fascina – e obscurece. Clama – e abafa. Eterno jogo de luz e sombra, eterna sombra de onde não se sabe o que pode sair.

Portanto prefiro outro aspecto, quase mítico, a que se pode chamar "mirada". Olhar. Uma maneira de estar no mundo, de agir, de ponderar, de transformar.

Gosto da tua mirada, eu queria dizer.

Olhares são valores. Os valores que me interessam são a generosidade, a disposição para ajudar e transformar, a paciência no seio da coragem, a afetuosidade – sem afeto não há nada – e a implacável capacidade de rir-se de si e de tudo. Sobretudo, o valor de amar. A disposição para amar. O amor que rejeita o velho jogo de posses, a incessante busca por metades que completem metades.

O amor inteireza.

O amor que pede e decreta inteireza.

A soma de dois inteiros. A soma primordial, anticartesiana, individual, pela qual se multiplicam potenciais. Somos todos grandes, mas deixa-me subir nos teus ombros e enxergarei mais longe. Um amor assim.

Nos mitos há a figura do criador sem sexo ou gênero, o criador que é homem-mulher (uma inteireza, portanto). Mas os homens, vira-latas dos deuses, tornaram-se apenas metades. No sexo, quando casal-em-um, resgata-se algo dessa divindade. Então corremos incessantemente atrás do nosso resquício de divindade. Quando éramos inteiros.

Bobagem, ó Beatriz, mas que bobagem. Somos inteiros, já. O companheiro pode nos agregar virtudes e descansos, mas isso não é, em si, necessidade. O amor não tem essa tirania. Não há um coração batendo fora do teu corpo, amor. Não há homem-mulher que seja a chave.

Eu comecei esta história, neste café, nesta sexta-feira chuvosa, pensando no amor como uma busca. Que o amor era encontro – prêmio que os solitários almejam. Mas que engano! O amor não é encontro nem prêmio nem reconhecimento de si no outro.

O amor é um acaso, é o reconhecimento de sua própria inutilidade. Sua beleza é saber-se irrelevante, afinal. Ninguém precisa de ninguém para ser inteiro, mas te quero, te desejo.

O amor, minha amada, é essa irrelevância de te ver, de pernoitar em ti; deitar-me ao teu lado até o último suspiro.

Mas deixo que te vás. Para que serve, afinal, aquele quadro de Diego Rivera que vimos na quarta-feira, aquele dia de primavera, aquele passeio no Tigre, aquele entardecer no parque, as tuas calças apertadas? Para quê?

11. A cabeça envelhece

Não só o corpo envelhece; envelhece, principalmente, a cabeça.

Correndo tudo conforme o esperado, é lá pelos 30 anos que o corpo dá ligeiros sinais de hesitação. Para diante da escada e mede (o corpo aprende a medir tudo). Será? Pensa nos duzentos passos até a padaria e pondera. Vou? Olha para cima, olha para os lados, olha para baixo onde antes apenas avançava. Onde antes havia uma máquina de guerra, um encouraçado pronto para palmilhar campos minados, agora há um marinheiro titubeante, que avalia.

O corpo aos 30 descobre as partes do corpo que até então eram mistério: a diferença entre cervical e lombar, o nome das primeiras articulações. Mas não é só tristeza e queixa: há beleza. O corpo aos 30 anos começa a se conhecer melhor. Aqui eu vou, com certeza. Ali, melhor não. Hoje prefiro ficar em casa – já sei o que acontece depois de uma noite mal dormida. Sabe sim separar o joio do trigo e, pela primeira vez, não comer o joio, enfim. Sabe semear o trigo, embora, claro, nem sempre o faça. Mas sabe.

Aos 30 anos começamos a envelhecer de verdade. Até então a vida era nascer e crescer, conquistar e fortificar. As células se multiplicavam furiosamente; a orquestra dos órgãos afinava suas notas. Cérebro e coração, centro de todas as coisas, escreviam compassos incessantes. Não há envelhecimento antes dos 30, apenas um crescer sem fim, como um pé de feijão gigante no horizonte, furando as nuvens.

Mas não é apenas o corpo que envelhece; envelhece, principalmente, a cabeça. Ocupados demais com as articulações e hérnias, com pilates e ioga, travamos guerra com o corpo sem nem saber que é nas ideias que o envelhecimento dói mais.

É preciso abrir a cabeça para um novo mundo, aos 30. É como se chegássemos aos 30 tateando uma península desconhecida — a travessia do istmo levou precisamente isto, três décadas.

Antes dos 30 eu acreditava em privacidade, acreditava mais no outro do que em mim, acreditava na supremacia da poesia, acreditava nas promessas de amor. Depois, fica mais difícil. Não que tenha ficado cínico. Apenas mais humilde.

Agora aos 30 algumas ideias parecem ter envelhecido mais do que músculos e articulações. Ideias velhas. Aos 30 urge, e não aos 20, sair mais, bater perna, olhar nos olhos e tocar as mãos. Escutar. Abrir a janela. Deixar o vento entrar.

12. Autoestrada das lamentações

Pensa em todos os seus pecados. Pensa naquela vez em que falou o que não deveria ter falado, pensa na humilhação da moça, pensa que é preciso ligar mais para os pais e para os amigos, pensa no grande amor desperdiçado, pensa que deveria ser menos preconceituoso, menos egoísta, menos mentiroso, menos cínico, mais gentil.

Naquela vez em que furtou, naquela vez em que traiu, naquela vez em que cobiçou ou agrediu. Em todos os seus pecados, ele pensa.

Expia. As costas doem persistentemente. Sente-se comprimido num cubo invisível e hostil. É uma dor tão aguda e lancinante que se sente impelido a fazer algo a respeito: implodir o cubículo e caminhar um pouco, esticar as pernas e braços, respirar o ar frio da madrugada.

No entanto ele fica na cabine, estoico. Expia os pecados imaginariamente.

Volta e meia as pálpebras boicotam os olhos – mas ele não pensa em dar meia-volta. Sorrateiras, quando menos espera, fecham. Deslizam tão suavemente para baixo que ele mal percebe o cochilo se aproximando. Então, num solavanco, acorda. Foram três ou quatro segundos de cochilo.

Não houve risco desta vez, pois o carro permanecia parado.

O rádio anunciou o congestionamento. Tudo parado. A cidade está travada, as estradas suspiram sem esperanças. Ainda assim, ainda que ele soubesse da desgraça anunciada, quis viajar. No litoral haveria tempo para pensar na vida, e, principalmente, para refletir sobre os seus pecados. Para rezar duzentos pais-nossos e três mil aves-maria. Chegaria à praia prometida.

Todo motorista de feriado prolongado é um santo arrastando-se à beatificação à taxa de um metro por minuto.

São três dias de folga: sexta (o feriado), sábado e domingo. Ao menos 14 horas de peregrinação – sete para descer rumo ao litoral, sete para subir rumo à metrópole a cem quilômetros dali. Chega-se exausto em ambos os destinos, o que exige repouso imediato. Mais umas horas de sono computadas e pronto: o dia extra de folga se esgotou a conta-gotas, miseravelmente.

Chegando à praia, já sabe que fatalmente faltará água. Faltará comida nos supermercados. O sinal do celular vai falhar. Haverá mais congestionamentos, o tempo inteiro congestionamentos; cada esquina, cada metro, estarão ocupados por outro automóvel. Seu último modelo, que acelera de zero a cem em cinco segundos, continuará se arrastando a cinco ou seis quilômetros por hora, bebendo litros de gasolina e expelindo muita fumaça.

A recompensa? A praia lotada, o som das baladas e dos motores, os gritos histéricos dos que, como ele, chegaram lá. Churrasquinhos tostados. O mar azul visto da janela do carro, pelas frestas dos banhistas.

Ainda assim, não dispensa um feriado. Nesse dia, dia de culto, une-se a milhões de motoristas na expiação coletiva de seus pecados. A autoestrada é o muro das lamentações onde se ouve, nos intervalos do rádio, os gemidos de uma nação inteira. As promessas de correção e altruísmo. Os silêncios indignados, os silêncios conformados dos pecadores. Por que a vida é assim? Por que eu sou assim? Tudo precisa mudar. Nunca mais.

Mas no próximo feriado estarão todos lá. Os milhares, os milhões. Na hipnose de uma missa coletiva, um sermão interminável sobre o sentido da vida.

A vida, esse congestionamento sem fim que serpenteia campos e cidades, montanhas e praias e deságua em si mesmo. Cíclico. Inescapável.

13. Infância açucarada

Reencontros são perigosos. Tomo nas mãos a caixa de chocolate Pan – não mais os cigarrinhos politicamente incorretos, mas, agora, pequenos lápis roliços e hidrogenados – e hesito.

Perdida no meio da Rio-Santos, a Mercearia exibe ingenuamente as relíquias da minha infância. Os inesquecíveis Chicletes Mini em sua embalagem sorridente e multicolorida. O suquinho anônimo em embalagens de plástico duro que imitam carros, tanques de guerra, aviões. Caramelos Nestlé. Pirulitos Dip n' Lik – ou, como dizíamos, dipilinque. Havia anos que não via coisas assim. Quando as revejo, já não são o que foram um dia. São apenas o que são.

Um caramelo leva a outro, e as lembranças flutuam numa maré rósea açucarada. Na escola Anjo da Guarda, em Curitiba, corria a lenda de que o pipoqueiro injetava cocaína em caramelos Fruittella para viciar as crianças. Alguém espalhou que se tratava de um ex-presidiário, talvez um foragido perigoso, com vários homicídios no currículo. Será que se disfarçava de pipoqueiro para traficar impunemente? Ou enfim se redimira? Todos temíamos o pipoqueiro da portaria – o que só deixava mais emocionante e incrível a experiência de dar dez passos à luz do sol para trocar nossos centavinhos por um punhado de balas potencialmente viciantes.

Não sei de onde surgiram os boatos, mas é certo que os pais, entre divertidos e espantados, aprovavam o medo coletivo do pipoqueiro. Assim, pensavam, era mais fácil nos manter afastados das porcarias antes do almoço.

Não pensavam, no entanto, que assim também alimentavam a nossa imaginação, ainda mais insaciável do que o apetite por doces.

Desde pequenos criamos narrativas para dar sentido à vida. Também para, simplesmente, preencher o tédio. As crianças são muito entediadas, e por isso topávamos qualquer aventura. Pular muro, trepar em árvore, roubar beijo, engolir minhoca, comer terra, atirar pedrinhas.

Mas quando crescemos o tédio se encalacra na alma, pele abaixo da pele, e ganha um sentido existencial. Uma preguiça existencial associada à impotência, à dificuldade esmagadora de aceitar as coisas como elas são. Violentas e sem sentido. Efêmeras.

As narrativas dos adultos são mais exigentes. Não basta um pipoqueiro-criminoso para dar sentido, ou ao menos alguma emoção, à existência diária. É preciso mais, muito mais. Às vezes, as redes sociais ajudam a satisfazer a fome por uma narrativa elaborada de adultice. Tornamo-nos, alegremente, personagens de personagens. Às vezes, para meu espanto e admiração, para a minha maravilha, a narrativa se encena nos palcos ou na literatura.

Enquanto flerto com os caramelos da minha juventude, penso nos adultos à volta. Homens e mulheres como eu, reinterpretando seu lugar no mundo. Ao mesmo tempo em que rejeitam a fantasia infantil, ansiosos por um lugar no "mundo real", inventam mil histórias de superação, mil narrativas edificantes sobre si mesmos.

Agora cercam-se de siglas complicadas e estrangeirismos. São *CEOs, CFOs* e *COOs. Managers.* Todos príncipes na vida. Refutam as fantasias da infância para criar outras, ainda mais fantasiosas em essência.

Quer dizer, a imaginação é a mesma. Mas, enquanto a criança vive a verdade dos mitos ancestrais, o adulto no mais das vezes vive o mito das suas novas verdades.

14. As armadilhas da memória

Não há nada mais traiçoeiro do que a memória. A memória escraviza e afaga, maquiando fissuras com luzes brancas e pó.

Não é possível viver do passado, dizem. É preciso dar-se todo ao presente; estas teclas surradas, já sem tinta, do computador à minha frente. O ar quase fresco da manhã paulistana. Pássaros, televisão, conversa de vizinhos ao longe. Estômago que geme, cheiro de café. O cachorro que ronca como uma jamanta, docemente entregue.

Minhas juntas preguiçosas estalidam, o maxilar estrala, ponho-me em movimento como uma máquina preguiçosa de preencher páginas às sete da manhã de um domingo.

O mundo à minha volta agora é isto.

O mundo dentro de mim, contudo, não tem fim – nem tempo. Nele a brisa desta manhã se mistura a outras, de outras épocas, intensidades e latitudes. O cheiro de café me transporta para a redação de um jornal, onde varava madrugadas debruçado sobre textos e frias fatias de pizza.

O mundo à volta é, no mais das vezes, apenas a porta de entrada para a imaginação. Um som remete a outro. O déjà vu constante de vê-la atravessando seminua o corredor do apartamento. Leva uma fatia de doce à minha boca. Cantarola Caetano. Algum travesseiro conterá, ainda, o cheiro dos seus cabelos.

A memória é uma mistura de reminiscência e imaginação. Traiçoeira, descola-se dos fatos. Aquela noite em que caminhamos pela praia foi verdadeira? Talvez. Fomos a Paraty? Nunca com certeza.

Talvez a memória seja em realidade o avesso de si, antecipando os dias que virão. Guardei com carinho a memória dos nossos dias na Europa, amor, e das vernissages no Rio de Janeiro. Noites que ainda não estrelaram.

A memória é ardilosa. Edulcora fantasias com cores e sabores impossíveis. Quanto mais fixa seu olho imaginativo sobre algo, mais delira. Reencontrar aquele lugar, aquele prato, aquele canto ou aquela pessoa há muitos anos desaparecidos, mas que fermentaram na lembrança, é sempre frustrante. As balas Soft eram terríveis. "Caverna do Dragão" não tinha muita graça.

O pensamento inflado de fantasias devaneia. O que é cultivado apenas na memória quase sempre é recheado de suspiros vazios; uma bolha que estoura ao toque. Nada pior do que ver um filme ou revisitar um prato que durante toda a sua infância pareciam a melhor coisa do mundo. E não são.

As melhores lembranças são aquelas que não nos assombram. Aquelas que julgávamos esquecidas. Repousavam, apenas, mais ao sul; mais ao coração, o deus silencioso dentro de nós.

Uma troca de olhares aos doze anos de idade, que parecia desaparecida durante toda a adolescência, ressurge. E, agora que vocês são adultos, reencontram-se. Sem fantasias prenhes de ar, sem delírios de grandeza, manias de princesas. Um diante do outro, inesperadamente, se reconhecem.

E ele, que parecia não lembrar mais de você, revive as coisas mais bonitas. E ela, que já correu o mundo, de repente retorna. Olham-se, apenas, sem fantasia. Estão, de novo, em casa.

15. Em defesa dos prazeres difíceis

Outro dia, um amigo dava instruções sobre como chegar à sua casa para um jantar. Eu, calado, apenas ouvia. É paralela de tal rua, você segue por tantas quadras em tal avenida, vira no posto tal à direita, depois novamente à direita, no segundo cruzamento, e, passando a padaria, *voilà*: é a casa de muro amarelo.

Escutei com alguma impaciência, sem entender muito bem a necessidade daquela longa explanação.

Por sorte, outro amigo o interrompeu antes que repetisse o passo a passo outra vez. Não precisa explicar, disse. Joga no GPS. Com um sorriso amarelo, o anfitrião se rendeu. É, também funciona.

Quando cheguei a São Paulo, já maior de 18, lembro da dificuldade que era dirigir pela cidade. Antes de sair, anotava minuciosas instruções. O porta-luvas estava sempre estufado com o guia de ruas, em papel, vertendo post-its de todas as cores por todas as margens. Havia um sistema para identificar os endereços pessoais, de amigos e a minha própria casa, profissionais, serviços médicos etc. No mais das vezes, intimidado com a possibilidade de me perder, nem saía de casa. Quantos compromissos recusava por saírem da minha zona de conforto, ou melhor, minha zona de tráfego? Tem esse bar ótimo na Freguesia do Ó, aquela festa incrível no Ipiranga. Não, obrigado.

Mesmo tendo carro, usava muito transporte público. A pergunta "é perto do metrô?" perpassava todas as possibilidades notívagas. Se fosse, já sabia como chegar. Se não, tentava o ônibus, apesar de não entender bem a lógica. O táxi era proibitivo.

Hoje ficou tudo muito mais fácil. O celular acha. Acha o caminho para o motorista e para o passageiro: aponta a melhor linha, o horário certo. Ficou tudo mais fácil – às vezes, fácil demais. Os aplicativos prometem resolver a vida inteira: trânsito, transporte, pizza, viagens, hospedagens, amor.

Ficou tudo tão fácil que os prazeres difíceis, os que vêm com algum custo, minguam. Era de certa forma jubiloso chegar à casa do Matheus depois de uma hora batendo cabeça, parando de posto em posto, esquina em esquina, para pedir informações. Nosso pequeno Everest: um piquenique na Cantareira, ao qual se chegava com um mapa manuscrito cheio de nomes de rua em minúscula letra cursiva e um X indicando o tesouro.

Qualquer dúvida de bar é resolvida em segundos silenciosos de consulta ao Google. Todos têm certeza de tudo, nada mais pode ser contestado. É claro que o Woody Allen já ganhou Oscar: olha aqui na Wikipedia. Olhamos, agradecidos, mas um tanto taciturnos. O tema poderia ter rendido trinta minutos de apaixonado debate sobre o diretor, mas agora são precisos apenas 3 ou 4 segundos para enterrar a discussão.

Para o professor, o desafio é ainda maior. Como convencer o estudante a enfrentar um prazer difícil como ler Guimarães Rosa? Ou a frequentar o teatro?

Fácil demais. As crianças fazem duas ou três aulas de qualquer coisa – piano, balé, natação – e partem para a próxima quando a brincadeira complica. A sociedade do entretenimento recusa qualquer esforço, qualquer possibilidade de frustração.

Ainda assim, a vida nos frustra, constantemente. Alheia aos aplicativos, a vida dá pau, regularmente. Ninguém sai dela sem sofrer. Os prazeres difíceis, um livro difícil, um filme difícil, uma viagem sem aplicativo nem dinheiro, apenas tornam esse sofrimento mais evidente. Arrancam o dominó, arruínam a máscara e nos conectam, assim, à vida. Ao tutano da vida, às fibras da vida, ao osso onde a carne tem mais sabor.

16. Paris e a professora

Desde sempre tenho ouvido que a vida ensina. A vida ensina, meu filho, dizia a mãe. A vida ensina, repetem os sábios de todos os cantos do mundo. Os desgostosos, os desiludidos da Gare du Nord, com o cigarro dançando entre mãos e lábios, murmuravam baixinho num tom de maldição: *la vie nous apprend beaucoup de choses*.

Deixei, então, que a vida me ensinasse. Eu tinha apenas 18 anos e vagava por Paris à noite, ávido por uma experiência efetivamente pedagógica. Bolsista quase falido, já com os centavos literalmente contados, nos últimos dias da viagem. Tinha exatamente o suficiente para um pão com queijo por dia, água da torneira à vontade e uma única passagem de trem até o aeroporto. Não falava quase nada de francês, mas era educado, e a vida, a melhor professora.

Paris era uma fresta. Era a fresta luminosa diante da qual eu, acanhado, provinciano, incapaz de frequentar suas festas, observava a imensidão do mundo. Era a minha primeira viagem para fora do país, e ia sozinho. Vagava. A dez metros de distância, apaixonava-me pelas garotas francesas – todas elas. De ouvir o serpenteio de sua língua divagante, úmida, eu desmanchava. Tinha então 18 ou 20 anos e não sabia muito da vida – exceto, é claro, que ela tudo me ensinaria.

Tateei Paris à espera de notícias.

Há dias recebi uma triste notícia: uma querida professora havia morrido. A primeira lembrança que tive

53

foi de sua voz, como nas francesas invisíveis que vêm e vão até hoje nos meus sonhos. Mas a minha professora de literatura do colegial, negra, corpulenta, sorridente, era inconfundivelmente brasileira. Acolhia a todos com sua ternura infinita, divagando sobre Guimarães Rosa, Drummond, Bandeira. Não sei se conhecia Paris, mas conhecia a vida. Deu-me a mão para que eu frequentasse sua imaginação, reunindo Macunaíma a Jean Valjean. Ela sorria e eu aprendia.

A professora dizia que toda a psicologia humana cabia em uma peça de Shakespeare. Eu vivia olhando para o teto, desconfiado das coisas do chão. "Renato, você tem cara de príncipe Hamlet", ela me falou um dia, gargalhando da minha falta de jeito – sem, no entanto, me deixar sem jeito. Eu tateava oceanos de palavras e frequentemente naufragava. Puxava-me à tona. "Vamos por aqui", parecia dizer. Entregava-me um livro que eu, ainda sem entender de nada, lia.

A professora fez falta em Paris. Gostaria de tê-la levado comigo. Gostaria de ler, pelas suas mãos, pelos seus olhos, a cidade. Pelos seus gestos ternos talvez o mundo ganhasse mais cor e mais sentidos. Sentido, Renato, mas que sentido?, ela riria. "Tome, leia este livro." Lia.

E assim, sem que a vida precisasse me estapear para ensinar qualquer coisa, eu aprendia.

17. Elogio ao tédio

Janeiro é o mais cruel dos meses. Semeia o tédio, faz brotar do asfalto ondas de calor sufocante.

Depois da euforia glorificante de dezembro, o mais atabalhoado dos meses, janeiro chega como um barco que cresce lentamente no horizonte. Em dezembro vidas inteiras se espremem, todos os desejos e penitências, no breve espaço de trinta e um dias. Então vem janeiro e sua pasmaceira suave; carícia de mãe nos cabelos emaranhados do menino. Janeiro, aliás, não vem; retorna. É a volta para casa.

Há tempo para tudo, em janeiro. Tempo para morrer e criar, tempo para torradas e chá, tempo para todos os planos e decisões que dezembro nos deixou.

Janeiro é doce e revigorante, confortável e entediante.

Livres da escola, as crianças sentem-no primeiro: o tédio. A ausência de rotina faz a rotina pesar como nunca. Trágico passar as horas sem rumo, vagando pela casa, pelo shopping, pelo parque – num calor de trinta e dois graus. O enfado, monstro voraz, é apenas momentaneamente aplacado pelas voltas ao redor do rabo. Quer sempre mais.

O tédio infantil é implacável. Eu, que imaginava que as crianças se distraiam mais facilmente do que os adultos, mudo de ideia. Meu tédio eu distraio com a serenidade de um livro, uma volta com o cachorro, um cinema, dedilhar o piano, rasgar o coração secretamente e sobre os restos ensanguentados tomar um sorvete. O aborrecimento infantil é muito mais urgente. E mais exigente.

O tédio, hoje, já não me aborrece. Até acho que ajuda. É meu aliado.

Há tempos me disseram que "só pessoas entediantes se sentem entediadas". Em outra época, eu ficaria preocupado. Frequentemente me sinto entediado. Mas não tardei a perceber que aquela era apenas uma frase de efeito. Eu, que me entedio com certa facilidade, tenho tido o tédio como uma força motriz, criativa e criadora, por toda a vida. Quando me entedio, exibo meu corpo nu ao tédio e retorno o olhar para o centro da sua cara redonda e sem graça. O que queres de mim?, pergunto. Senta-se no sofá. Estendo-lhe a mão.

De fazer as pazes com o tédio extraí lições. Aprendi a evitar gente desinteressante, vampiros d'alma, vampiros de tempo. A importância de ficar só. Aprendi a não me demorar nem na euforia nem na depressão, a curtir meios termos singelos. O prazer das coisas simples. Respeito.

Tudo bem, estar entediado. É meu tempo de carregamento: plugar os dedos na tomada e esperar a energia fluir novamente. Quem não se entedia não se questiona não se desnuda não recarrega. Vive num loop contínuo de carência pela aprovação de estranhos e de fotos retocadas.

Eu abro a porta para o tédio como quem recebe um velho amigo em casa. Depois de algumas horas, enfim, ele vai embora. Mas aquele tempo é importante, é nosso. O tédio me ensinou a contar todos os azuis de casa, a conversar com passarinho, acariciar suspiro e sonhar de árvore. Poesia. Todas as coisas que, sem ele, eu estaria ocupado demais para descobrir.

18. As notícias de nossa morte foram muito exageradas

É tudo tão intenso e exagerado. Eu, um animal pequeno, à deriva, às vezes me encolho diante das notícias, a maré violenta de atualidades que me arrasta para longe de mim mesmo. Queria me jogar no mundo, mas o mundo se joga, antes, sobre mim. A carne é contaminada, o ar é contaminado, a água é contaminada: tudo é contaminado. O ser humano é contaminado.

Não, o ser humano é contaminante.

Como se defender de tudo isso: do ar, da água e do alimento? E das pessoas, como se proteger?

Nessas horas penso em reivindicar uma bolsa-poesia. Uma bolsa-oceano, bolsa-bosque, bolsa-solidão. É muito difícil viver quando a vida vale alguma coisa mensurável, quando a vida se calcula em cifra, em tostão. Eu gostava era viver uma vida sem valor possível: uma vida que não tivesse medida.

Mas elas estão lá: as notícias e as medidas. Explode uma tragédia. Só se fala nisso por um dia ou dois. A notícia mais espetacular de todos os tempos da última semana. Depois não era bem isso, deixa disso, foi tudo muito exagerado. Ou simplesmente passou, ficou chato. Passemos ao próximo horror. Descobrimos que as notícias de nossa morte foram muito exageradas.

Vamos de escândalo em escândalo enfrentando novas ameaças das quais não temos meios de nos defender.

O ar, a água, a comida. Sempre algum fator externo, um alienígena perturbando a nossa digestão. E você, que tem certeza de que poderia ser mais e melhor se não fosse ele, ela, isto, aquilo, tanto, tão pouco, encontra uma explicação para a sua sofrida banalidade. São os políticos, os frigoríficos, os comunistas, a polícia, o Estado.

Basta: o espírito é que é fraco; a carne é forte. A carne é muito forte. Sobrevive ao descuido, às cem mil especulações por minuto de nossas mentes, ao espelho. A carne é forte, a carne pensa o pensamento certo, deseja o desejo mais justo. O espírito é que vive de pecado em pecado. É ele quem precisa ser alimentado, educado, fortalecido. A carne já sabe.

Desabafo. Não queria mais me defender das coisas invisíveis, as ameaças de câncer, a salmonela. A carne é forte, sobrevive. Eu queria é esquecer que essas coisas existem e existir eu, apenas osso e carne, despreocupado.

19. São Paulo sob a pele

Curitibano dos pés à cabeça (principalmente cabeça, porque Curitiba é uma cidade que se forma na cognição, e não no tato), cheguei a São Paulo há mais de década. O primeiro fascínio, como de todo caipira, foi o metrô. Eu, 21 anos. O ruído ensurdecedor, a rapidez, a aridez, a impessoalidade. A cidade sem horizontes me impressionava.

Desde então, São Paulo para mim se metaforizou no metrô; e o metrô, em São Paulo. O tom cinzento, o rosário indefinível de freios e aceleração, as paqueras, as pastinhas, as platitudes, a mistura de classes, a eficiência e a velocidade sobre todas as coisas.

O primeiro endereço foi um *hostel* barato na Praça da Árvore. Era distante do meu destino diário, o jornal onde trabalhava como *trainee*. Mas era perto do metrô, e paulatinamente (paulistanamente) essa palavra foi adquirindo poderes panacêuticos. "É perto do metrô?", eu perguntava, a qualquer sinal de deslocamento. Fosse lazer, fosse trabalho, confortava-me a possibilidade de chegar ao meu destino de metrô – não importavam as quantas baldeações. Tolo, divertia-me com os nomes das estações. Consolação. Paraíso. Movia-me entre esses dois eixos, deslocando-me sob as escamas de São Paulo.

Por anos, aliás, fui irracional no uso do metrô. Preferia três baldeações diárias a qualquer outra alternativa. Demorou para que eu desmamasse dos trens. Levou tempo até que me arriscasse com ônibus, e ainda mais para assumir os riscos do volante – ainda hoje, raramente sem acionar o GPS, que uso como a criança que se conforta em rodinhas de bicicleta.

Sucesso, em São Paulo, é saber atravessar suas regiões de carro, cruzar as ligações leste-oeste, norte-sul, sem auxílio de mapas.

Como repórter, fui muitas centenas de vezes do centro à periferia e aos mais recônditos recôncavos do ABC, mas sempre com o motorista do jornal, que, aliás se divertia de minha desorientação: toca para Parelheiros. É perto do Pari? Ainda lia a cidade alfabética, e não geograficamente. Hoje sei que é humana, como todos nós, e a leio assim, como psicólogo.

Certa noite dirigi do Belenzinho até a minha casa, após uma reunião de trabalho. Chovia torrencialmente. A distância a cobrir ultrapassava os 20 quilômetros. Foi a minha primeira vez – de tantas primeiras vezes no convívio com a grande cidade. O processo de urbanização se completou em mim naquela noite. Do leste ao oeste, derrubando muros imaginários.

Alheio aos sinais de enchente no percurso – áreas alagadas, ônibus desgovernados e taxistas inquietos – avancei resoluto, cruzando avenidas, becos, faróis apagados. A cidade, colossal, convulsionava em água, como em todo verão. Eu deslizava, epifânico, sobre lâminas escorregadias.

Senti medo, mas também alegria. A alegria de um parto bem-sucedido. Atravessara as escamas da metrópole e vi que a vida pulsava.

Não fui tão rápido quanto o metrô, mas fui persistente e cheguei. Cheguei, finalmente.

A gente leva uma década para chegar a São Paulo.

20. Você é o que você conta

No início da aula de narrativa, peço aos caros alunos que se "definam". A provocação é clara, ainda que insolúvel – escreva um ou dois parágrafos respondendo à questão: quem sou eu?

Sempre me furtei de responder, eu mesmo, ao chamado da monstruosa angústia. Definir-se é limitar-se, e ninguém gosta de se limitar a meia dúzia de possibilidades. A narrativa dos alunos segue um padrão genérico: dizem nome, idade, cidade de origem, comentam algo sobre o relacionamento com familiares e parceiros e, enfim, falam de paixões variadas, a miscelânea de interesses que vai de astrologia a futebol, de música a gastronomia japonesa, de memórias de um passado itinerante a projeções de um futuro potencial.

– Meu nome é Maria, tenho 20 anos, sou paulistana, moro com meus pais e dois irmãos e amo minha família e meu namorado. Gosto de esportes, sou corintiana, frequento estádios de futebol desde os oito anos de idade, sou louca por culinária italiana e gosto de séries de televisão, especialmente de "Friends", que revejo sempre.

Assim é Maria, por Maria.
Será só isso? Ou: e se não fosse nada disso?
É difícil, senão impensável, separar uma pessoa de sua narrativa sobre si própria. Será que a hipotética Ma-

ria, a Maria narrativa, é essencialmente uma pessoa que gosta de macarronada e "Friends" ou isso é circunstancial? Isso a define?

Titubeia.

Não há resposta fácil. Maria constrói uma narrativa conforme a audiência e conforme sua experiência de vida (e de narrativas) e se coloca no mundo como corintiana-família tradicional-caseira. Se diz ser, é, inclusive no próprio entendimento.

Mas a narrativa de Maria, em outro dia, era outra. Ali surgia uma Maria interessada por filmes de ação e literatura. Uma Maria mais expansiva, extrovertida. Outra Maria-narrativa, ainda que a mesma Maria-carne-osso.

Em síntese, construímos narrativas que nos constroem. A vida imita histórias que imitam a vida, numa espiral apertada, inquebrantável.

Comecei a pensar neste texto durante uma aula. E o que é uma aula? Um evento com várias pessoas, um professor, lousa, atividades didáticas. Mas, se a narrativa da aula é baseada na aula em si, por óbvio, esquecemos que a aula-em-si também é baseada na narrativa que dela se tem. Há, anteriormente a qualquer aula, uma narrativa do que é o acontecimento "aula", pedindo uma certa postura. A aula é o que é porque narraram a aula como ela é (ou deveria ser). Ovo e galinha; linguagem e pensamento.

Somos seres de linguagem. O homem, sem sua linguagem e comunicação, perde sua consciência e capacidade de expressão, perde sua capacidade de se relacionar com o outro e com o mundo, sua referência de tudo e de si.

Mais do que isso, somos seres de narrativa: a narrativa é a roupa que vestimos, dia após dia, para nos situarmos em sociedade – mais profundamente, para darmos sentido à vida, à nossa existência, mesmo na solidão de nossos quartos vazios de corpos, mas jamais vazios de histórias.

Sair da cama toda manhã exige uma boa narrativa motivadora. O dinheiro, a missão, o prazer, a família?

Assim, Maria dizer "sou corintiana" equivale, portanto, a encontrar um significado e um lugar no mundo, junto àquele grupo de pessoas que se classificam como corintianas e agem segundo tal. Isso conforta, ainda que provisoriamente. Às vezes para o bem, às vezes para o mal.

Não basta dizer, portanto, "aproveite a vida, aja com sabedoria, tenha sucesso". É preciso antes escolher bem, diariamente, qual será nossa narrativa sobre nós mesmos e sobre nosso lugar no mundo mundo vasto mundo.

Vamos contar uma história? A nossa história.

Quem é você?

21. Da importância de encontrar a sua própria turma

A gente anda muito separado. Dia desses, durante uma palestra sobre cinema russo, o homem alto e esguio de cabelo grisalho e barba por fazer disse que era uma pena que andássemos tão apartados. Temos perdido tanto – e há tanto mais a perder.

Então riu um riso doce e triste, pediu desculpas pelas provocações e desapareceu.

Quanta coisa poderíamos fazer juntos: arquitetos, escritoras, cineastas, dançarinas, violeiros, cantoras, pintores e fotógrafas. Dei a volta pela sala com a minha câmera. Eu reconhecia todas as pessoas ali, mas não consegui acessar muito mais.

Decidi: vou procurar a minha turma.

Ontem, no museu, o curador, que também era artista e filmava cabeças grisalhas, falou por mais de uma hora. Ele articulava as palavras com dificuldade, e recebemos cada som com a maior atenção. Havia fotografias analógicas do corpo humano, um carro acidentado, paisagens vistas do alto, paisagens digitais, um vídeo de uma mulher dançando alegremente. Uma moça com uma espécie de bata florida que parecia ter sido pintada à mão minutos antes do passeio caminhou ao nosso lado. Sorria. Quis ser amigo dela, mas nem tentei. A gente, de bobeira, perde boas oportunidades.

O bom de fugir às rotinas é abrir espaço às novas paixões e às novas oportunidades. Comecei a fotografar e a fazer pequenos filmes. Cozinho direitinho, fiz meu próprio fermento e os últimos pães estavam legais. Uma amiga quer me convencer a adotar um gatinho de rua. Fui convencido – só não pra já. Primeiro estou aprendendo a me cuidar. Estou procurando o meu lugar e a minha turma.

Minha filha vai pra escola de manhã e todo dia acordo com o barulho da porta às oito. Tenho sono bem leve, mas pouco problema para voltar a dormir. Se o dia é de sol, levanto e faço café. Se é chuvoso ou frio, enrolo debaixo das cobertas só mais um pouquinho. Leio, ouço e vejo muito noticiário, então vou trabalhar. Ao meio-dia faço o almoço, depois lavo a louça, trabalho, reflito, e volto a cozinhar. À noite posso improvisar coisas mais simples (é pena que pouca gente goste de sopa).

Não compreendo muito bem o ódio, a amargura. Faz vinte anos que escrevo bobagens do meu dia a dia e falo de amor, mas tem gente que não tem tempo a perder com bobagens do dia a dia e muito menos com amor. Tem gente que tem que ganhar a vida e, enquanto ganha a vida, arruma tempo para perdê-la. Eu tenho visto o desamor se alastrar como um vírus.

A literatura me vacinou. Nem lembro o nome das pessoas que me passaram para trás. Não tem muita importância. Os dias são curtos, a vida é curta, todo mundo sabe disso. Mas há tempo de sobra para tudo o que importa: amar, decepcionar-se e reamar várias vezes, como quem vai e volta, morro acima, morro abaixo. Fazer amigos e longas caminhadas.

Tudo isso é mais gostoso quando é compartilhado. É melhor com a nossa turma.

O que eu sinto não sei dizer, por isso digo demasiadas palavras. Prefiro tatear coisas sem nome do que me fixar em batizá-las. Eu receio o poder dos nomes. Gosto de Manoel de Barros. Gosto de palavras azuis e música aromática, gosto de imaginar o som da sua valentia, atravessando o oceano para me encontrar, e de inventar enredos românticos.

Preciso reunir uma turma para falar dessas coisas. *Vem?* Falar de cinema, amor, comida, filosofia, humor e literatura? Enredos e segredos. Vem!

Gosto estar sozinho, mas gosto ainda mais de me misturar devagarinho.

Na hora da faxina tenho ouvido Caetano; resgatei Marisa Monte no meu coração de adolescente. Faço programas sem objetivo, como 1) caminhar; 2) ver o sol; 3) ouvir gente, chuva e bicharada; 4) passar café no coador, mesmo sem querer beber; 5) fantasiar. Gosto de caminhar até a ponte do Porto e de voltar para casa de metrô.

Às vezes chega uma carta de Curitiba, uma mensagem de São Paulo, um postal de Brasília, uma foto da Itália, e sinto imensidões. Escrevo cartas imaginárias. Faço filmes no enquadramento das mãos. Acho que já tive mais de todas as coisas, menos: sossego.

Outro dia eu dizia todas essas coisas para as minhas amigas no café. Elas estavam de conluio para me saber melhor. E eu, que não sei o que serei, muito menos quem sou, achei bonito e chorei de mansinho porque palavras me faltaram.

Agradeci. Eu não sei o que vou ser quando crescer, mas já sei qual é a minha turma.

22. O beijo é o prenúncio de algo

O meu primeiro beijo aconteceu durante um show do Lulu Santos. Pedreira Paulo Leminski, em Curitiba, por volta de 1993. Virgem de tudo, apenas toquei a mão da menina que me fitava fixamente pela eternidade de "De Repente Califórnia". Ela, amiga de uma amiga, aspirante a bailarina, morena, miúda e sorridente, tomou a iniciativa. Rendi-me. Achei curioso, estranho, excitante. Eu não sabia o que fazer, não sabia como reagir. Minha educação sentimental – e física – era bastante tímida.

Sim, precisei ser ensinado – e, por sorte, tive uma professora gentil. Não há do que me envergonhar: ninguém nasce sabendo beijar. Um beijo não é nem sequer um gesto natural. Um beijo é um código. Um beijo romântico, de língua, um beijo erótico, não é um ato natural. Aprendemos a fazê-lo (e, em geral, gostamos muito de praticá-lo).

Em algumas culturas a demonstração de afeto e desejo – esses sim, instintivos – passa longe do beijo; é comandada por mãos, bochechas e até narizes. Por ruídos e cheiros. Nem todo mundo beija na boca, e, segundo alguns historiadores, a história primitiva do beijo nem é ligada ao romance, mas ao olfato. Era através do cheiro, percebido muitas vezes na proximidade dos lábios, que os nossos ancestrais se reconheciam e autorizavam.

Beijo bom é sempre polêmico, portanto não faltam desavenças na história do beijo. Uns antropólogos dizem que o beijo na boca deriva de uma prática maternal: mastigar a comida e então passá-la à boca do bebê. Assim como fazem os passarinhos. Tem gente que discorda.

Qualquer que seja a versão da história, o beijo nasce sem etiquetas: nem hétero nem bi nem homossexual. Duas bocas, um beijo.

O beijo de língua propriamente dito é invenção recente, do século 20. Não tem nem cem anos. Boa desculpa para todos os bocas-virgens: esse negócio é muito novo na história da humanidade. É preciso tempo pra entender, aprender, praticar. Sem pressão.

Mas a magia do mundo codificado — do beijo e dos signos todos que construímos com o engenho humano — é justamente essa: passar-se por natural. O mundo codificado pelos símbolos da arte, do alfabeto, da religião, da ciência e da tecnologia, sobrepõe-se ao mundo natural com perfeição, como um tapete encobre a terra selvagem.

Se o beijo é um código inventado pelo homem, qual é o significado de um beijo? Um beijo nunca é apenas um beijo. É sempre muito mais do que o movimento de músculos faciais. Não há beijo inocente, beijo bobo, beijo de nada. Um beijo pode ser frio, mas não vazio. Pode ser ruim, pode ser bom, pode ser quente, pode ser triste. Pode querer dizer olá ou adeus, pode pedir ajuda ou mostrar repulsa, pode selar o destino meu ou seu.

Um beijo nunca é só um beijo — nem quando queremos que seja.

O beijo é o prenúncio de algo.

23. Belezas malditas

Uma menina me entrega uma flor. É sábado e o parque está lotado. A chuva parou há pouco, e as crianças correm eufóricas pela grama. O sol é suave e distribui as pequenas sombras inquietas em todas as direções. A menina com uma flor corre e cai e rola na terra molhada, encharcando-se de chuva. Depois recolhe a flor com cuidado, como se sua cor vermelho-viva pudesse escorrer, e a entrega para mim.

Entrega-a com reverência. É a flor mais bonita do jardim. Agradeço, sem jeito, enquanto largo a caneta sobre o papel. Está coberto de garranchos. O esboço de um novo romance? Previsões para o futuro? Esta crônica? Uma lista de compras para o fim de semana. O poeta tem fome.

Fico realmente tocado pelo gesto da menina com a flor. Um gerânio cor de rosa, com finas bordas brancas em suas pétalas. No coração, hastes arroxeadas. Uma flor bonita é uma flor bonita é uma flor. Levo-a para casa e a acomodo em um copo com água. Deito duas pedras de gelo nele; ouvi dizer que assim sua beleza duraria mais.

Mas a beleza passa.

A flor no copo d'água não dura muito. No primeiro dia, todas as vezes em que cruzo o seu caminho eu paro. Olho enternecido para a flor, e a flor me lembra o parque, a menina, alegria, alegria; um dia de domingo. Tudo é bom.

No primeiro dia eu me aproximo da flor e ainda quero sentir seu cheiro. Procuro um resquício de terra molhada misturado ao seu perfume quase imperceptível. Toco suas pétalas. Estão macias.

No segundo dia, a haste enverga sobre o copo. O olho da flor mira o horizonte, e não mais o céu. O perfume já se foi. Não sei de seu toque. Tenho estado muito apressado.

Que flor? É o terceiro dia e esbarro acidentalmente nela. Quase cai. Estava sobre a mesa da sala, mas alguém resolveu acomodá-la na cozinha. Seu olho triste e cansado mira o chão.

Entristeço também. É hora de enterrar a flor. Sua beleza acabou, seu perfume, sua altivez.

A beleza passa.

Toda beleza é um pouco maldição – toda beleza carrega o potencial de sua destruição. O tempo, a vaidade, a soberba, o ego, o narciso. Beleza que se fascina por si mesma. Terrivelmente bela, dizemos de uma bela mulher. Beleza perturbadora tem um belo homem. Uma beleza sem freios pode ser opressiva; a beleza sem arreios intimida. Seduz. Mas também ela passa. Até as grandes paixões passam.

Talvez por isso a beleza ingênua de uma flor no mato seja a mais singela. A beleza que não se debruça sobre o próprio reflexo nem se encanta por si mesma, generosa. A beleza da menina que corre enlameada e sorri. Simples assim, livre, ampla, sem fronteiras.

Volto ao parque. Em um canto solitário, uma flor feinha persiste. A flor feinha e manchada, sem cor identificável, sem brilho especial. Sem grandes atributos, sem triunfos. A flor feinha sobrevive. Ninguém quer arrancá--la para si. Ninguém a persegue, deseja, sufoca.

Ela vive, e viver tem a sua própria beleza.

A flor feinha tem perfume ordinário e pétalas manchadas. O caule foi envergado. Talvez tenha sido pisoteada, vida afora. No entanto, subsiste. Esta é a sua beleza, ainda mais cara.

Ela tem raízes fortes.

24. Verdade e fantasia no Carnaval

No Carnaval a vida é vivida ao contrário. Por três dias invertemos papéis. Patrões servem empregados, tímidos se tornam devassos. A vida reservada, regrada, é subvertida. Assim, ao menos, era a tradição da Festa dos Loucos na Idade Média, em que o período servia de válvula de escape contra as (o)pressões de uma rígida ética cristã.

Conta-se que nos carnavais medievais as missas eram encerradas com zurros; monges travestiam-se de mulheres, recitavam versos indecentes, corriam e saltitavam durante o culto. Você pode achar o Carnaval de hoje – no Rio, em São Paulo, na Bahia – uma impressionante orgia, mas talvez sejamos muito mais conservadores na exposição, enfrentamento e exorcismo de nossos demônios. Há, afinal, uma diferença nuclear entre um e outro Carnaval: enquanto o de hoje é feito em público para o público, num exibicionismo sem limites traduzido em abadás, blocos de rua e desfiles planejados, o Carnaval de outrora era sobretudo privado. E insano.

Vivia-se o Carnaval. Dentro de casa, no culto, no trabalho, tudo era profanado. O rei do Carnaval não era o nosso Momo sorridente e bonachão. Era o Louco, o bobo da corte, cuja principal função era desnudar e expor o ridículo de nossas existências cruamente. Desmascarar a convenção farsesca do cotidiano, segundo a qual homens não usam saias e patrões comandam empregados.

Alguém já escreveu que às vezes o bobo salva o rei. É verdade. O rei, soberano altivo e orgulhoso, plenipotente mas submetido às mil etiquetas da corte, vive imobilizado por normas e bajulações. O bobo, somente o bobo, ri-se de si e de tudo. O bobo sabe a verdade, sabe que somos irremediavelmente ridículos.

Não é à toa que o bobo é doido: a verdade enlouquece. Três dias de verdade – um Carnaval – e, na toada do bobo, já nos vemos à beira do abismo. Três dias de verdade nua parece ser tudo o que podemos suportar sem sucumbir, no decorrer de um ano.

Todo Carnaval eu espero que o bobo nos salve, que a gente ouça serenamente a verdade antes de nos fecharmos nas bolhas de sempre. Espero que o bobo nos salve, que o rei se torne bobo para que o bobo se torne rei. Mas, estarei iludido? Será possível que a verdade prevaleça, despida de nuvens?

Você agora me pergunta que fantasia vestir, para este Carnaval. Eu te respondo, importa? A beleza do Carnaval não é vestir a fantasia, mas tirá-la. Rasgar o pano. Expor a pele. Todos crescemos e nos podamos ao nosso jeito, aparamos arestas, aplicamos verniz à nossa figura e aos nossos planos. Mas a fundação da casa, onde os cupins roem os alicerces, onde o tempo faz a sua obra, essa nossa porção ao mesmo tempo invisível e onipresente, não muda muito. O Carnaval não é sobre decoração e confete, é sobre expor fundações e botar bêbados os cupins que dançam em nós.

Agora, mais um Carnaval passou. Na avenida, garis varrem restos de fantasias. Serpentina, confete, os escombros de incontáveis alegrias. Há uma verdade essencial e efêmera no Carnaval, como se a carne exposta ao sol gritasse, e a vida, vivida ao contrário, enfim se tornasse completa.

25. Escolha a felicidade

Se uma vida se mede, ao fim de tudo, pela qualidade das escolhas que fazemos ao longo do caminho, só posso concluir uma coisa: a real felicidade está mais distante de nós. Bem ao contrário do que anunciam os fabricantes de margarina.

Aristóteles escreveu que não é possível saber se um homem teve ou não uma existência feliz e plena antes que a vida acabe. É no poente da vida que temos pesadas todas as nossas ações – e inações – e que se faz o balanço de tudo. No leito de morte, de alguma maneira, saberemos: fui feliz. Ou não.

O filósofo associava a felicidade à virtude. Em termos práticos, ser feliz significaria fazer boas escolhas, ponderadas, razoáveis, racionais, em direção ao desenvolvimento dos nosso talentos inatos.

Ficou difícil ser feliz (ao menos desse jeito) hoje em dia.

Hoje em dia somos assediados por uma tormenta incessante de escolhas clamando atenção. Dezesseis tipos de pão. Cinquenta sabores de pizza. Seiscentos amigos; cem garotas bonitas pra gente namorar.

Seguimos por caminhos de tantas encruzilhadas, que: seguimos por encruzilhadas. Não há caminho. A cada segundo o universo impõe uma escolha. Qual carreira seguir? Sapateiro, como seu pai e o pai do seu pai? Jamais. Hoje sou comerciário, amanhã, fotógrafo, depois de amanhã, jornalista. E segunda-feira ninguém sabe o que será.

Confundimos a pluralidade de escolhas com liberdade – essa palavra que ninguém explica, que ninguém não entende. É mais livre o homem que pode escolher entre vinte marcas de achocolatado, certo?

Mesmo?

Talvez. Mas a oferta desmedida tem seu preço. Síndrome do excesso de escolha. Síndrome do perpétuo arrependimento.

Cada sabor de pizza escolhido hoje são setenta sabores negligenciados. Impossível não pensar: escolhi o melhor? Entre todos aqueles? Seria mais feliz com outra pizza, certamente, porque esta, no prato, já não parece tão apetitosa quanto as fotos no cardápio, as escolhas dos vizinhos, a minha imaginação sem freios. A fatia nem esfria e já estou frustrado.

Nos relacionamentos superficiais, também pizza. Se há cem anos as pessoas eram apresentadas a seis, nove pares atraentes e alcançáveis durante toda a vida, hoje veem isso diariamente. Diuturnamente. Como ter certeza de fazer a melhor escolha, de estar certo, quando as oportunidades perdidas por se agarrar à convicção de ontem (ontem, o adjetivo que designa tudo o que já é careta) cresce exponencialmente?

É preciso ouvir mais o coração, porque os cálculos da mente são traiçoeiros, insaciáveis. Depois, ter a convicção íntima de que fizemos a melhor escolha e de que uma mesma escolha, repetida diariamente, é também outra, quem sabe cada vez melhor. Uma mesma paixão, seguida com afinco, resulta em novas paixões todos os dias pela mesma pessoa.

E o amor, quando vem, não deixa escolha.

26. Os 30 são os novos 20

– Mas amiga, os 30 são os novos 20!

A afirmação veio em tom de celebração. Uma amiga tentava consolar a outra, cuja estreia no tempo das balzaquianas se aproximava.

A aniversariante estava deprimida. *Poxa, 30 anos? E agora?* Ladeira abaixo. E pior: *ainda não tenho casa não tenho carro não tenho namorado não tenho tanta coisa que, com 20, eu imaginava que teria.*

– Calma. Os 30 são os novos 20 – outra amiga repetiu.

Que pena, pensei.
É claro que ela queria dizer que a moça ainda era muito jovem e ainda aproveitaria muito a vida. Que ainda havia tempo para baladas, para flertes e namoros, para shows, para viagens; para ser irresponsável havia tempo. Para tudo haveria tempo. Para amar e para brincar.

As garotas estavam cheias das melhores intenções. Diziam a verdade: você ainda tem tempo de semear e tempo de colher.

Mas para mim esse não pareceu o melhor dos conselhos – ou melhor, dos consolos. Confesso que, se me dissessem que "os 30 anos são os novos 20" quando completei 30 anos, eu entraria em pânico. Não há muita coisa dos 20 anos que eu queira reviver.

Não se engane: meus 20 anos foram muito bons, com sua mistura de aflições e liberdades. Mas eu preferi ter 30. Hoje, perto dos 40, enfado-me com as vítimas da síndrome de Peter Pan, que são cada vez mais comuns. Indo e vindo da Terra do Nunca, onde nunca envelhecem, nunca se aborrecem por mais de um dia, nunca são aborrecidos pelos constrangimentos da coerência. Não vivem no presente eterno, mas sim em uma espécie de pseudopassado eterno, um simulacro do que poderiam ter sido mas não foram. Correm atrás do próprio rabo imaginário: nunca foram o que acham que foram, nunca mais serão. Tentar viver os 20 anos aos 30 anos é uma repetição farsesca da história.

O conselho me daria pânico porque é justamente aos 30 anos que vamos adquirindo mais maturidade para dizer não, para escolher melhor como investir o tempo – companhias, passeios, quimeras e desafios. A gente começa a ficar mais consciente de si e da vida, se assim quiser. Por isso eu gostaria que me dissessem que os 30 são os novos 30, que os 40 são os novos 40 e assim por diante. Que me dissessem que é possível viver exatamente a idade que se tem e ficar bem, sem precisar se escorar em ilusões.

Conheço melhor a mim mesmo hoje do que na década anterior, e isso faz muita diferença na hora de decidir entre casar ou comprar uma biblioteca. Tenho mais segurança no que faço e entendo melhor por que fracasso. Não me abato muito com nada; já li tantas vezes "Não se mate, oh, não se mate" que não penso em me matar. Que ridículo seria.

Entendo mais de poesia, embora não o suficiente.

Aos 30 comecei a ter mais dinheiro e independência para percorrer pequenos desvios. Conheci mais atalhos. Aprendi as ciências do corpo. Reconheci os amigos leais de caminhada. Tudo isso ao preço de mais responsabilidades, sem dúvidas. Trabalho, paternidade. As costas doem. Os joelhos estralam insistentemente. Nunca me sobra muito tempo. Nada de sonecas pela tarde. Há muitos boletos a pagar. As contas chegam incessantemente: pelo vão da porta, pelo desvio da coluna, pelas queixas dos vizinhos. Pago-as todas, não me furto. Sigo sorrindo.

É um preço pequeno a pagar.

27. Gabriel García Márquez

Na Biblioteca Pública do Paraná havia uma estante repleta de livros de Gabriel García Márquez. Estávamos em 1996, e comecei pelo mais falado, *Cem Anos de Solidão*. Devorei as páginas com estranhamento. Isso existe?, eu me perguntava. Não Macondo e seus fantásticos personagens, mas aquele gênero até então inédito entre as minhas leituras – acostumadas a Machado de Assis, Aluísio Azevedo, Jorge Amado, José de Alencar e congêneres.

Precisei desenhar uma árvore genealógica para acompanhar direito a história. Não me aborrecia com isso; achava que era parte de um intrincado jogo de sedução em que o não mostrar era tão ou mais valioso do que o mostrar. E melhor, fazia sentido que me perdesse no meio: afinal, não eram todos os Buendía a mesma raça condenada? Encantei-me com aquela família desgraçada, da qual passei a fazer parte.

Ao mesmo tempo, gostava da construção franca e límpida das frases – depois descobri sua militância jornalística e isso fez mais sentido. Ele "escrevia fácil" – o suficiente para que eu aos 15 anos de idade mergulhasse sem boias nem cilindros nos espantos daquele universo tão real e tão mágico.

Depois disseram que fiz o caminho errado. Comecei lendo a obra máxima do autor, e depois disso todo o resto – diziam – me pareceria menos interessante. Dito e: desfeito. Continuei a me encantar, livro após livro. Foram

12 ao todo. Só quando o autor fingiu morrer, para nos envolver como o vento, me dei conta de que Gabo foi o autor que mais li na vida.

Algumas obras eram curtíssimas, devoradas em poucas horas de biblioteca, como *Crônica de Uma Morte Anunciada*. Outras exigiam um pouco mais de tempo, como *O Outono do Patriarca* ou *Ninguém Escreve ao Coronel*. Não lembro de nenhuma, contudo, que não me tenha encantado.

Se hoje sou escritor, metade disso é culpa dos livros que li, metade é culpa de minha incapacidade de me exprimir por qualquer outro meio que não seja a palavra. Fracassei à flauta, ao saxofone, ao piano, aos pincéis. Restaram-me as letras – ou o silêncio. O mundo me sensibiliza a todo instante, sem tréguas, com seus mil tentáculos. Escrevo para não enlouquecer.

O lirismo dos escritores latino-americanos me estragou: García Márquez, Vinícius de Moraes, Neruda. Li-os todos muito jovem e em demasia. Ainda não tinha defesas para o mundo. Acreditei que os sintomas do amor eram precisamente os mesmos do cólera, acreditei amar com grande liberdade dentro da eternidade e a cada instante, acreditei que a palavra era uma asa do silêncio e que o fogo tinha metade de frio. Numa série de fabulações incompatíveis com mulheres de faca e osso, patrões de cimento e tijolo, trânsito incessante de pneus e buzinas, eu acreditei.

Quem sabe eu seria mais feliz sem nada de prosa nem nada de poesia. Sem grandes inquietações metafísicas, nada maior do que as contas do mês. Viver na pele de apenas uma pessoa. O mundo, quando estreito, todo cheio de alegrias. Mas, como Manoel de Barros, eu não aguentei ser apenas um sujeito que abre portas, que puxa válvulas, que olha o relógio, que compra pão às 6 horas da tarde, que vai lá fora, que aponta lápis, que vê a uva etc. etc. Perdoai. Mas eu preciso ser Outros.

Aos 16 anos cheguei mesmo a escrever um conto profundamente marcado pela prosa de García Márquez. Contava a história de um homem, um "médico de plantas", que certo dia passou a flutuar no ar. Não lembro o título do conto. Nunca dominei a arte dos títulos. Os de Gabo me encantavam. *A Incrível e Triste História da Cândida Erêndira e Sua Avó Desalmada*. A lombada já gasta do livro não se destacava em meio a tantas outras obras na estante da biblioteca. Era uma lombada feia, desbotada, descolada, amassada – mas cheia de palavras, palavras pungentes, prontas para me nocautear. Parei diante do livro, confuso. Como resistir?

Você arruinou minhas chances de ser feliz, Gabo, dando voz à multidão em mim. Criando mundo após mundo após mundo após mundo – e enfim mostrando que o meu mundo, de padaria, escola, casa e amigos, era pequeno demais. Ou melhor que ele era mais do que eu via.

Nas horas vagas, partilhava do mundo de Gabo, com senhores de asas enormes e gerações fadadas à solidão, com vastas selvas e diáfanos luares para se perder e sonhar.

E, em meio àquele realismo mágico, pude magicamente existir, pude me escrever e reinventar.

28. O maior dos pecados

Outro dia, acelerado entre 117 canais de televisão, encontrei com o diabólico Al Pacino pregando numa cena de "O Advogado do Diabo". Interpretando o próprio Satã, enumerava as fanfarronices de um Deus que lixa as unhas sobre a criação enquanto ele, o Diabo, seria o verdadeiro entusiasta do Homem, das contradições, dos instintos, das paixões humanas. Em seguida, em um encerramento memorável, confidencia: "A vaidade é o meu pecado favorito".

Al Pacino é um dos poucos atores que me fazem parar qualquer coisa para vê-lo. Uma de suas cenas para mim representa perfeitamente o relâmpago que se abate sobre nós quando a paixão é paixão: o primeiro encontro de Michael Corleone e Apollonia Vitelli em "O Poderoso Chefão". Quem já perdeu assim o fôlego, como se o impacto de um olhar esvaziasse os pulmões e as ideias?

Revendo o diabo advogado, pensei em minhas próprias vaidades. Todo homem é pecador, e a vaidade é o maior dos pecados. Mas, como todo pecado, tem muitas faces. A minha face, a vaidade para mim, está em cultivar expectativas. Pelas minhas expectativas, o diabo gargalha.

São uma espécie de erva daninha em todos os cantos de casa. Sob as unhas, acumulando pó, estampadas no meu rosto, na forma de linhas, pelos, rugas, espinhas: expectativas. Do tipo mais cruel cultivo em cantos esquecidos, num redemoinho entre os cabelos, sob a cicatriz do queixo, na cavidade torácica. Lá elas se aninham, simbióticas. As minhas piores expectativas.

Minha vaidade é nutrir, de modo inconsciente, inconsequente, expectativas que não se referem à vida, ao mundo, mas às pessoas. Esperar que sejam o que não são, que sejam qualquer coisa excepcional, que sejam mais do que expectativas.

Mas as pessoas são o que são e, se nos decepcionamos com certa frequência com elas, a culpa é somente das nossas expectativas. A vaidade maior é achar que a convivência comigo possa mudar alguém. Presumivelmente, mudar "para melhor".

Desse devaneio só escapam os amigos e animais. Tenho um cachorro sobre o qual não nutro grandes expectativas. Espero, apenas, que esteja com saúde. Tendo saúde, sei que às vezes irá pular no meu colo e lamber o meu rosto até que eu precise de um banho, sei que às vezes preferirá me olhar de longe, de sua cama, perdido em sua própria filosofia. Da parte dele, tenho certeza de que não espera muito mais do que ração duas vezes ao dia e um passeio na rua. E, claro, afagos, ossinhos, uns minutos sobre a minha cama e um dedo de prosa sem sentido.

Não tenho nenhuma expectativa em relação aos meus amigos, também. Não espero que gostem das bandas de que gosto, ou dos filmes que aprecio, ou que se emocionem comigo quando uma folha cai sobre as nossas mãos. Não espero nem sequer que me liguem com regularidade, ou que mandem constantes sinais de fumaça, ou que me escutem por horas e horas. Que leiam esta crônica, que a comentem, que perguntem e me incentivem sobre meu próximo livro.

Talvez seja essa a diferença entre nossos amigos e nossos amores. Expectativas. Não espero nada dos meus amigos. Com eles partilho vivências e convivências. Não há metades da laranja nem tampas de panela nem qualquer metáfora baseada na falta, na ausência, na insuficiência, para descrever uma amizade. Eventualmente nos juntamos, falamos do tempo, de literatura, de filosofia, do amor, de mulheres, de cinema, e depois partimos, felizes.

Sou um amigo sem vaidades. No amor, ao contrário, coleciono-as. Espero que a amada ame, espero que ame "da forma certa", espero que esteja presente e alerta, espero que seja o que eu mesmo não seria capaz de ser.

São tantas vaidades! E, se ela é pecado maior, é também o mais variado. A vaidade de quem coleciona expectativas em relação aos outros é, no fundo, um complexo de Deus.

E o que separa o Diabo de um Deus complexado?

29. Quem disse que a noite é feita para dormir?

O que o sono tem a ver com a noite? Todos os domingos a mesma encenação: reviso as aulas da semana, vejo um pouco de televisão, bebo dois dedos de uísque e me deito com o mesmo livro de sempre, sempre na mesma página. Pronto para a segunda-feira.

Mas todos os domingos a segunda hesita. Quanto mais se aproxima, mais vacila. Simplesmente não tem pressa de começar. O domingo se estica até muito depois da meia-noite. Passa-não-passa. A semana inteira eu sei: será insônia, outra vez. Obrigo-me a dormir sem o querer. Obrigo-me, é assim. Os deuses, é claro, riem dos meus planos.

Já durmo pouco, em geral (e cada vez menos). De domingo para segunda, contudo, chego ao limite do tolerável: duas, três horas sob a turbulência de estranhos pesadelos. Noite passada corri seminu por uma floresta, fugindo de caçadores mitológicos. Na semana anterior, era um avião que afundava no oceano. A visita dos fantasmas.

Então me pergunto: o que tem o sono a ver com a noite? Descanso melhor de dia. Encosto-me em qualquer canto, especialmente depois do almoço (não importa quanto café beba) e adormeço.

Houve um tempo, quando me dividia entre três empregos, em que aproveitava o horário de almoço para cochilar. Recostava-me dentro do carro, ali parado na praça Buenos Aires, e apagava do meio-dia às treze. Era o alívio possível.

De início até me preocupava com questões de segurança e de, digamos, reputação. O que pensariam de mim, os estranhos? E se alunos me vissem naquele estado? A natureza, contudo, impunha-se à cultura: era preciso dormir. Com o tempo, aprendi a não ligar, aprendi a desligar – as lições do corpo costumam ser as melhores. O cochilo breve revigorava. Era feliz.

Quando enfim chegava a noite, por mais exausto que estivesse, curiosamente demorava a dormir. Naqueles dias, estava às voltas com a literatura. Aproveitava para escrever pedaços de contos, romances. Pensava: quem disse que a noite é feita para dormir?

Quanto mais escura a noite, mais as estrelas brilham. Às vezes botava o cachorro na coleira e descia para caminhar. Acendia um cigarro, em memória do meu pai, e em saudação aos amigos boêmios andava pela noite escura com um farol incandescente nas mãos, cintilando por entre as almas perdidas da Pompéia.

Eu sempre tive a impressão de que a noite foi feita para navegar. Navegar pela cidade como um farol flutuante, desprendido do continente. Navegar pela internet, que seja, ou navegar pelos próprios pensamentos como um cosmonauta sobressaltado. Navegar com a ajuda das estrelas.

De dia é tão fácil se perder.

30. Cada azulejo tem a sua poesia

Não sou muito bom em trabalhos manuais. Desde pequeno, recortar uma folha de papel em linha reta é um desafio. Não consigo desenhar um círculo, desenho para fora do quadro, enrolo brigadeiros em formas que desafiam a geometria.

Ando redecorando a casa, cansado dos móveis herdados de outras vidas, encharcados de histórias que não são as minhas. Pendurei seis porta-retratos na parede há uns dias e todos caíram depois de horas. Todos eles. Metade quebrou, metade eu salvei com cola. Colei, obviamente, sem saber alinhar arestas. Minha cabeça pensa incessantemente em todas as coisas: imagina, planeja, diagrama. As mãos, no entanto, me traem. Tremem.

Sou um terror em trabalhos manuais.

No fim de semana, depois de meses com um novo varal e persianas encostados na parede, rendi-me à minha incompetência e chamei um marido de aluguel. É o nome de um serviço de "especialistas em pequenos reparos" e é também o nome do meu fracasso. Preciso de um marido de aluguel para pendurar as persianas. Expliquei, constrangido, o serviço ao meu marido provisório. Também instalar o varal. *Você tem furadeira?*, ele perguntou. Eu não tenho. Nem saberia usar. A convenção de Genebra me proíbe de ter furadeiras, serras e canivetes em casa – brinquei, mas ele deu de ombros. Também não tenho chave de fenda e não faço ideia do que seja uma *philips*. Disfarçou o riso.

Já no fim do serviço, pergunta-me: o que o senhor faz? Arrisquei, para ver a sua reação: eu sou poeta. Eu sou poeta e não sei fazer nada disso direito.

Na minha casa antiga, quando ainda nutria orgulhos manuais, instalei a torneira da cozinha. Vazou por semanas, até que, rendido, chamei um encanador. Deu-se o mesmo com tomadas, chuveiros, azulejos: tudo sempre meio torto, meio capenga. Até fixar um prego na parede é um desafio. O prego entorta, o quadro entorta, eu entorto.

Sofri anos por isso, mas hoje aceito. Eu escrevo. Quando mais novo, escrevia cartas de amor sob encomenda. Os amigos tentavam descrever o que sentiam, relatavam pequenos eventos, memórias, percepções, e eu colocava tudo aquilo no papel. Garotas que nunca conheci suspiraram por mim, nalgum tempo, nalgum lugar. As que eu quis, deram de ombros. Não é sempre assim?

Fiz meus bicos de cupido, mas nunca acertei de primeira um prego. Porém a gente amadurece, aprende as coisas, e recentemente lancei-me a um novo desafio. Pintei as paredes de casa. Não ficaram perfeitas, mas estão bastante apresentáveis, o que já é um avanço para mim.

Eu não sei como seriam os poemas do meu marido de aluguel, mas suponho que também teriam pés quebrados. Então tudo bem, consolo-me. Ninguém é perfeito.

Mas o que é melhor: escrever poemas ou pintar paredes? Vou na contramão da alta filosofia. Toda a filosofia do mundo, às vezes, afoga-se num copo de pinga. A gente amadurece, de fato, não só na cabeça mas também nas mãos e braços. Todos os dias sento no sofá e admiro a minha parede. Admiro também a mesa que montei e apoiei naquela mesma parede. Está sólida, limpa, retilínea.

Vou na contramão da filosofia intelectualista, que não cansa de dizer que os que perseguem o prazer físico vivem como seres inferiores. Como ruminantes, são vacas movidas por gozo e dor.

Mas eu, que não sou grande, não sei se os prazeres intelectuais de toda uma vida superam esta parede tão bem pintada. Esta parede que todos os dias vejo e toco, aliso e cheiro. A mesa em que faço minhas refeições, a mesa em que escrevo este texto e que sobreviverá ao próprio texto.

Quero mais: melhor seria se fôssemos um só, o artesão que dá forma e conserta coisas e o poeta que ameniza os males do espírito. Não somos. O ser humano sempre é faltante, e a mim me faltam tantas coisas que há dias em que não sei por onde começar a arquitetura do meu eu, se começo por Drummond ou se me dedico à marcenaria.

Mas então vejo a parede, a tinta lisa e uniforme. Três dias de suor e tendinites. A parede, que escora a minha filosofia. O senhor me mostra um poema?, pergunta enfim o pedreiro, limpando o suor da testa. Eu lhe estendo um poema. Ele, exausto, suspira.

Cada azulejo tem a sua poesia.

31. Vencer a mediocridade

Há algo de emburrecedor na rotina, nos confortos enganosos da rotina. Era assim que me sentia após cinco anos numa redação de jornal, editando cadernos de negócios.

Depois de determinado tempo, qualquer profissional dedicado desenvolve o misterioso dom de prever o futuro mais banal, o amanhã solenemente trivial.

Cinco anos, talvez menos, foram suficientes para que eu já imaginasse o que minhas fontes diriam sobre determinados assuntos; quais seriam os vícios nos textos dos repórteres; quais seriam as reações de leitores, colegas e chefes.

Mas fui sensato o suficiente para observar que o sucesso era arauto do fracasso, que aquilo era a medida não de meu apogeu mas de meu declínio. Mesmo em trabalhos considerados essencialmente intelectuais, como no jornalismo, podemos, sim, emburrecer – ou maquinescer. Em qualquer função muito especializada, e elas se multiplicam no direito, na medicina, na engenharia, na economia, na vida moderna, com o passar do tempo a tendência é estreitar horizontes, não alargá-los.

Não há sabedoria inata no envelhecimento. Como disse o bobo ao Rei Lear, tragédia é ficar velho antes de ficar sábio. A sabedoria não é direito de ninguém. É suor e privilégio.

No trabalho, aquele meu incômodo emburrecimento era o fruto estranho do sucesso precoce. À medida que conhecemos profundamente uma rotina, ela passa a nos envolver como um colchão aveludado, convidando ao desfalecimento. A rotina: constelação de astros familiares em cujo centro gravita a mediocridade.

E a mediocridade, com sua força gravitacional esmagadora, atrai todos os seres vivos para o seu núcleo morno e apático.

Libertar-se demanda esforço constante. Diariamente, minuto a minuto, temos de permanecer alertas. Cada olhar baixo, cada cochilo, cada toque no controle remoto esconde um convite, uma passagem só de ida ao coração medíocre do mundo.

Naquela altura da vida, fui salvo pelos estudos. Hoje, espalho a palavra. Estudar, ler, ver grandes filmes, respirar arte, gera empuxo suficiente para nos libertar.

Sempre há tempo, mesmo para quem se julga perdido.
Devaneio. Um aluno levanta a mão:

– Mas não é mais feliz o medíocre?

Reflito. Se a resposta for sim, de que vale Guimarães Rosa, onde guardo Machado de Assis, em que estante juntarão pó Raduan Nassar, Coetzee, Banville e Borges. Dalton Trevisan?

– Talvez – penso em voz alta. – Desde que você não tenha consciência da sua mediocridade.

Nesse caso, como ser feliz? Desde que você nunca tenha experimentado o gozo de ser mais do que medíocre, que não saiba, nem por um segundo, o que poderia alcançar, quem poderia ser, como pai, filho, marido, amante, amigo, profissional, intelectual, artista, cidadão.

Às vezes, funciona. A luta se trava muito abaixo das trincheiras, nos buracos de formiga, nas reentrâncias dos cabelos. Só precisamos de um vislumbre.

Ou simplesmente saber que deve haver mais.

32. Tolerância vs. liberdade

A cada crime de intolerância, ouço dizer da importância de tolerar.

Vejo o noticiário. Não fossem gays seriam católicos seriam muçulmanos seriam africanos seriam pobres seriam gordos seriam velhos; seriam o que fossem. Talvez, quem sabe, fossem tudo isso: velhos gays negros católicos massacrados sem aviso, mas com motivo. O que são não pode ser tolerado.

Vejo o noticiário. Uma jovem é estuprada depois estuprada depois estuprada. Quando fala, é massacrada.

À boca pequena comentam: "Mas também!". Mas também: frequentava baile funk. Mas também: frequentava balada gay. Mas também: usava shortinho. Mas também: dava pinta. Justificativas as mais absurdas, não para a violência das ruas, mas para a nossa violência fundamental.

As vítimas são categorizadas. A vítima nota 10 é jovem, branca, rica, sem antecedentes criminais. Tem boas notas na faculdade, rala, frequenta a igreja todos os domingos. Sonha com um altar matrimonial. A vítima nota 10 é sempre vítima, nela confiamos cegamente – e não haveria de ser diferente.

Mas em outros casos a vítima reprova. A vítima nota zero: um homossexual que não se esconde, uma menina pobre dançando funk. Não merecem lágrimas. Dessas vítimas, desconfiamos. Fala-se tanto em tolerância e nos tornamos tão intolerantes, no século 21, diante da diversidade de tudo.

Eu já estou cansado da palavra tolerância. Não quero que ninguém tolere minhas esquisitices, minhas origens, minha constituição. Prefiro a palavra liberdade – aquela que ninguém explica, que ninguém concede: a gente conquista.

A tolerância, presunçosa, dispenso. Sonho com o dia em que ninguém diga eu tolero fulano. O dia em que não se diga nada. O dia em que saibamos: somos livres.

33. Elogio ao egoísmo

O egoísmo é uma virtude subestimada. Digo mais: gostaria que fôssemos, todos, um pouquinho mais egoístas.

Não, não falo, é claro, do sentimento mesquinho que diz que podemos – e devemos – passar por cima de tudo e de todos para satisfazer nossos desejos. Isso é outra coisa: desrespeito, desonestidade, falha de caráter. Falo do egoísmo puro, sincero: aquele que, sem desprezar o outro, entende que a preocupação primeira é consigo mesmo.

O mundo seria melhor se as pessoas se preocupassem mais com suas próprias vidas. Haveria menos fofoca, menos narizes enfiados nos problemas alheios. Menos dedos apontados ao outro, menos julgamentos. O egoísta contempla o vício do outro com uma estranha benevolência: você não é perfeito, mas isso é problema seu. Tenho de cuidar de minha própria imperfeição.

O egoísta tem seus próprios problemas a enfrentar. Se é legítimo, em sua disposição, sabe que a tarefa mais árdua é conhecer a si próprio para reformar-se em direção ao que gostaria de ser. Busca a melhor versão de si, nas profundezas da alma, e então trabalha para torná-la palpável, dia a dia, gesto a gesto. Esse é o egoísmo de que necessito.

Não há nada mais nocivo do que um altruísta que nega as virtudes do egoísmo. Um sujeito interessadíssimo na vida do outro, preocupadíssimo em ajudar a todos antes de ajudar a si próprio. Um afogado que tenta desafogar seus companheiros. Um afogado que quer ensinar a nadar.

Gosto da ideia do egoísta virtuoso, aquele que conhece suas virtudes e vícios e age obstinadamente em si próprio, para si próprio, buscando a própria felicidade. Que preguiça dos infelizes escritores de auto-ajuda! Que medo dos empobrecidos gurus da prosperidade!

O egoísta sincero, o verdadeiro egoísta, conhece a si próprio e sabe que não é perfeito. Sabe, aliás, como sofre com suas contradições, desejos, limites, privações, incapacidades. Quando você sabe quem é, e se preocupa principalmente com isso, não é capaz de agredir, julgar. Não joga a primeira pedra, porque sabe o que é pecar – conhece-te a ti mesmo.

Só acredito no altruísta-egoísta. O homem que faz o bem porque assim se sente bem e o homem que se aperfeiçoou na arte de ser aquilo que é. Então o altruísmo vira um compartilhar, um gesto alegre. O homem que é feliz divide sua felicidade com os outros, e quer vê-los também felizes, por pura alegria de viver.

Mas o mundo das aparências, cuja sombra cobre tudo o que nos cerca, conspira. Aponta dedos, evoca Deus, diz que é feio. Na internet todos são grandes líderes humanitários. Altruístas. Revolucionários das causas alheias. Todos os infelizes, os oprimidos, os coitados, querem decretar os mandamentos da vida boa. Para não olhar para si próprios, esforçam-se em fixar o olhar no outro, prometer a salvação dos outros. Mártires, revolucionários, salvacionistas.

Que bom se fossem, todos, mais egoístas. E cuidassem de suas próprias vidas.

34. O amor começa

O amor começa. Numa esquina, por exemplo, num domingo de lua cheia, depois de teatro e silêncio; começa em parques ensolarados, com a aproximação de dois cachorros curiosos, e seus donos, constrangidos, enlaçando as correias até que os corpos se aproximem e a faces ruborizem; começa com acidentes de automóvel, com a lataria arranhada, e a indignação dos motoristas que lentamente vai cedendo ao constrangimento e à solidariedade; e começa o amor em tardes de tédio, em que nos penduramos ao telefone para jogar conversa fora; o amor começa sem aviso, e às vezes lentamente vemos que se aproxima, como uma aranha caprichosa, subindo por nossos pés e pernas sem sinal de afetação até que resolva picar; o amor começa entre amigos que se conhecem há treze anos, e começa entre completos estranhos durante a multidão; às vezes com um esbarrão o amor começa; numa mancha de sorvete no queixo dela; num trejeito, numa bebedeira; começa às vezes com violência, num encontro explosivo, em que se golpeiam os amantes até cederem a outros caprichos; o amor despista, finge que não é com ele, olha para o outro lado, espera que adormeçam e então começa; e começa no enlace de mãos no cinema, como videiras sedentas, enraizando-se umas às outras até que do seu fruto se faça o vinho; e nas bocas trêmulas o amor começa, e nas línguas delirantes; e nas noites do campo, quando só as estrelas brilham e o frio é glacial; quando ela pede para acender a lareira, e o fogo crepita, e se faz silêncio, e no silêncio ele percebe; o amor começa na praia, quando meio bêbados entram na água; em 30 segundos de coragem o amor começa; num encontro inesperado, na buzina do carro ao lado; durante as refeições e no intervalo delas, na pausa para o cafezinho, durante uma risada o amor começa; num instante fora do tempo, que se perpetua; no encontro de olhos, num balcão de bar ou num banco de carro; numa expectativa; em palavras o amor começa, desarticulando sujeito e objeto; numa tela iluminada, numa conexão que cai e se restabelece; sem palavras também, no olhar atônito do menino à professora; o amor começa num segundo de admiração, quando ele pela primeira vez bateu palmas para ela, e marejou; e quando ela notou uma falha na barba, e riu; e começa nas ligas, nas cintas, nos brincos e pulseiras; no olhar de um Cristo crucificado, cheio de compaixão o amor começa; na epifania de anos de cumplicidade amiga; na gravidez; em apartamentos vazios, em visitas inesperadas; em jardins coloridos o amor começa; e em despensas vazias, e em copos de açúcar; no constrangimento do elevador o amor começa; num olhar sem pálpebras, que se prolonga durante toda a aula; na descoberta de um seio; no buraco da fechadura; com uma proibição o amor começa; num livro, num filme, numa canção, numa paixão compartilhada; na escansão do nome dela; em duas ou três sílabas arrastadas; ao vê-la acompanhada; ao vê-lo acompanhado; sem que se espere, no coração que dilata; em Brasília o amor começa numa repartição ao pôr do sol; no Rio, numa pausa para o botequim; em Belo Horizonte, num sarau de mesa farta; em São Paulo, nas filas e nos automóveis; uma carta perfumada e o amor começa; de manhã, de tarde, de noite; em dia útil; em dia inútil; plantão; férias; feriados; no desarme da primavera; à sombra do verão; no despetalar do outono; no aconchego do inverno; em todos os lugares o amor começa; a qualquer hora o amor começa; por qualquer motivo o amor começa; para terminar em todos os lugares e a qualquer minuto. Para morrer e se tornar eterno, o amor começa.

35. Fazer da viagem
a minha poesia

Viajar é uma experiência contraditória. Há sempre razões para ir e há sempre razões para ficar. São tantas as possibilidades àquele que se aventura, de Quixeramobim a Quina, que o mapa não cabe realmente no mapa, em nenhum mapa, assim como não cabem as melhores lembranças em máquina fotográfica. O mundo não cabe numa janela sobre o mar.

A gente cresce para o mundo ou o mundo cresce com a gente; as fronteiras se esticam conforme o tempo, o uso do tempo. No começo é só o quadrilátero do cercadinho, quando mal engatinhamos, depois vamos avançando ao perímetro do quarto e sala, à casa inteira, à casa ampliada, junto dos avós e amigos da família. Todo o bairro. Toda a cidade, o Estado, o país. O continente, o hemisfério, o mundo.

Quando a velhice chega, a fronteira enfim transcende o conhecido: a maior viagem começa a ser preparada, e para ela não há guias nem mapas.

Todo mundo viaja, independentemente de grana – e as viagens menos cômodas podem ser as mais potentes: o nascimento, viagem de que só em sonho recordamos, o périplo para o trabalho, o funeral do pai.

Há algo comum em todas as viagens: o mistério. Viajar verdadeiramente é sair de si e entregar-se ao mistério. Quando a gente viaja, aproxima-se da carne da vida, sai do piloto automático da rotina, da neblina do pensamento condicionado, e se permite estar presente: no ônibus, no metrô, nos parques, praças e avenidas, bares, museus, aqui, agora, de olhos bem abertos.

Viajar é uma experiência contraditória e este é seu charme e terror. A maravilha, o deslumbre, têm um custo. Perto do sol a pele queima mais, e sair da rotina por poucos dias pode ser suficiente para desmascará-la. Toda rotina tem algo de farsa. Não importa se bem ou mal sucedido, se professor, estudante, jovem, velho, médico ou celebridade.

Melhor que se apegar à farsa, então, é sabê-la, rir-se com ela. Tirar a farsa para dançar um tango argentino. E assim, apenas assim, com humor, de mãos dadas com o bobo, talvez haja redenção para nós.

Quando viajo penso sempre quão bonito seria conseguir incorporar esse sol e a carne da vida à rotina do trabalho, fazendo do cotidiano uma viagem contínua ao mistério além das aparências. Observar com o mesmo cuidado de Buenos Aires ou Santiago as ruas de São Paulo, os bares de São Paulo, sua gente, parques e sensações.

Não é isso o que faz a poesia, não é assim que fazem os grandes poetas? Viajando, fortaleço o eu lírico. Quem sabe um dia eu consiga viver como um poeta.

36. A morte do passarinho

O passarinho caiu aos meus pés, inerte. Olhei para cima. O jequitibá, impassível, erguia-se a quase vinte metros de altura. O vento tremulava seus galhos.

Tremulava também o passarinho, já morto. Sempre que acontece algo de importante, está ventando – isso aprendi com Ana Terra. Deus assopra lá e cá, testando nossas bússolas.

O vento agrega e destrói: reúne o pó sobre a mesa de casa e também o dissipa. É disso que somos feitos, daquele mesmo pó que varro incessantemente dos cantos da casa envidraçada.

Eu ouço o vento, mas não ouço mais o passarinho. O que o terá matado? O homem, a natureza? Todas as coisas vivas são frágeis: uma flor de inverno, uma pessoa, um passarinho. Para morrer basta estar vivo, mas para viver são precisas tantas coisas. Sempre é preciso mais. Asas, se você for um passarinho. Ar, água, terra e ouvidos que admirem o seu canto.

Volto para casa. Ouço o vento chiar, rodopiando os barulhos da cidade à volta. Os carros aceleram e freiam, as pessoas andam de olhos baixos, vidrados em telas iluminadas. A louça dos restaurantes e padarias tilinta e lasca, as rodas dos carrinhos de bebê se chocam contra buracos na calçada, as mães afoitas falam rápido. Em algum lugar alguém grita – há sempre um grito ecoando no concreto.

Mas não ouço aquele passarinho morto nem nenhum outro passarinho em nenhum outro canto da cidade. Estarão de luto, os passarinhos? Para viver são precisas muitas coisas – inclusive ouvidos. Quem ouve o que tem a dizer um passarinho? Aquele pode ter morrido de desatenção.

Hoje faço apologia ao passarinho morto. Sinto uma ternura imensa por ele, por suas penas acobreadas, desgrenhadas. Pelo seu bico retilíneo e suas patinhas tortas. Pelo seu sonho de passarinho eu sinto ternura, sua vontade de cantar e ser ouvido. Que outro propósito tem um passarinho?

Morreu de silêncio, no barulho do mundo. De inanição, de poesia.

Peguei-o em minhas mãos, nos instantes finais. Embalei-o por um instante. Estava morno ainda. Penso nas honras dos funerais dos passarinhos. Volto para casa melancólico e me ajoelho no jardim para cavar uma cova de quinze centímetros.

Eu tinha planos de ir ao café, àquela hora, naquela manhã, e de terminar uma carta impossível. Então lembrei do passarinho. Lembrei de João, que está na Argentina, de Maria, que foi morar no Reino Unido, de Sofia, que se distanciou mais do que todos, mesmo sendo minha vizinha. Mesmo quem fica, parte. Invariavelmente. Basta uma brisa de nada, basta o rodízio das estações.

Eu tinha outros planos, mas ventava muito. Sem aviso, me caiu um passarinho.

37. Tudo é por acaso

A matéria é feita de átomos e de acaso. Nós nunca sabemos que repercussão têm nossos atos. Nunca sabemos quanto de imponderável nos cerca.

Ricardo dormiu quinze minutos extras na manhã daquela quarta-feira. Nunca se atrasava para o trabalho. Desesperou-se. Ainda com a cabeça entorpecida pela noite anterior, correu para o banho, lavou-se, saiu, vestiu-se em menos de cinco minutos e partiu, atrapalhado.

Foi o suficiente para encontrar Ana no elevador. Ao contrário dele, ela sempre se atrasava para as aulas e estava acostumada a sair de casa às 7h30, em vez de às 7h, todos os dias. Tinha um exemplar de John Green sob o braço, e ele achou graça. Nunca haviam se cruzado.

Naquele dia por acaso Ricardo estava sem sapatos, com meias diferentes, e ela achou nisso muito graça. Ele com os calçados ainda nas mãos pediu que segurassem a porta do elevador por três segundos. Ana, sem medir o tempo, e ele, soldado da pontualidade, viram-se pela primeira vez. Conversaram por acaso. Não pararam mais.

O resto é história: uma história de certezas e acasos. Quem sabe tiveram filhos quem sabe tragicamente Ricardo nunca mais a tirou da cabeça mesmo após ter sido abandonado quem sabe nada houve de mais, depois daquele encontro?

Os acasos se encontram, medem e confrontam. Meu acaso gosta do teu acaso quando olha para baixo envergonhada de existir demais, com seu peito de passarinho em batimento acelerado. Meu acaso gosta de encontrar o teu acaso no elevador. De vê-la com um novo livro sob os braços. De esbarrar em você e derrubar mil papéis pela calçada.

Teu acaso me vê tomar café e rabiscar versos livres. Gosta quando por acaso vislumbra a minha caligrafia. Se por acaso me faltam palavras você acha graça, mas por acaso às vezes falo demais e te embaraço. Nossos acasos se estudam como dois curiosos desmontando corações, vaso a vaso, fio a fio, até que o tecido esteja espalmado sobre a mesa. E não entendamos nada (por que batem, ainda?).

Viver ultrapassa qualquer entendimento. Explicar é sobreviver, mas viver mesmo, viver de verdade, é questionar. A matéria é feita de átomos e de acaso. E mesmo os átomos, o que são além de incerteza e acaso? Elétrons dançam sob as lentes dos homens, comportando-se como quiserem, conforme as circunstâncias – conforme o imponderável.

Não existe nada como arriscar demais, nada como jogar na segurança. Absolutamente todos os campos são minados, embora alguns sejam mais floridos, e a gente só finge que não é assim. No início não havia nada, até que uma grande explosão espalhou bilhões de partículas de puro acaso por todo o universo.

O mundo, nossa existência, são concessões daquele primeiro acidente fortuito, daquele grande espasmo de acasos.

38. O silêncio não salva

Quando criança, durante uma brincadeira qualquer, danifiquei a pintura da parede da sala de casa. Fiquei profundamente consternado com aquilo, envergonhado e com medo das terríveis consequências do descuido.

A felicidade indizível se converte em luto num segundo. Eu brincava feliz. A vida muda tão rapidamente. As sutilezas da vida são bonitas: um farfalhar de vento, um olhar descuidado, um ato falho, uma palavra, uma coincidência inexplicável, um perfume que remete à brisa dos litorais de meus doze anos. Mas os grandes marcos da vida ordinária não se prestam a sutilezas, são brutos como um atropelamento, um infarto, uma gravidez, um apaixonamento. Morte, vida, amor.

Para me livrar do problema, àquela época, decidi dormir. Como se o sonho fosse a realidade e a realidade fosse o sonho, esperava despertar em outra vida, em um mundo no qual minha brincadeira não tivesse resultado naquele pequeno desastre doméstico (sob as lentes da infância, o pequeno é sem tamanho).

Acordei no colo de meu pai. Era outra realidade? Não. Imediatamente ele quis saber o que havia acontecido com a parede.

Era difícil falar, palavra a palavra, sílaba a sílaba, sons e silêncio. As palavras têm tanto poder. Se eu verbalizasse aquele ato desastrado, antes fronteiriço ao sonho, rente à fantasia, tangencial à possibilidade, tudo ganharia carne. A carne suculenta e dúbia das palavras. E, ganhando carne, se presentificaria diante de mim, imperioso e inescapável.

Era como se, até não falarmos sobre a horrível mancha na parede, a pintura continuasse branca e virgem.

Cresci e percebi tantas vezes o mesmo padrão. A criança que não confessa os medos. A mulher que não fala das agressões para que as agressões não existam. O assediado que oculta o assédio. O funcionário humilhado, o amigo humilhado, a nação humilhada.

Um ato de fala é um ato. Ainda que nem tudo se resolva pela fala, nada se resolve pelo silêncio, nem mesmo aquilo que deixamos fermentar, azedar, solar e morrer. Aquilo fica conosco, relutantemente, como um cadáver ambíguo, até surgir a espada do verbo libertador. Mas a quem irá, a palavra, degolar?

39. Visita ao zoológico

É a coisa mais banal do mundo. Você vê um leão na natureza selvagem, exuberante, potente, e de repente é tomado pelo irresistível desejo de tomar aquilo para si. Aquela beleza pura e bruta, aquela beleza intocada, poderia ser sua.

Agora o leão está enjaulado. A gente se reúne ao seu redor e o admira. A forma como ele caminha, a forma como ele come, como respira. Não há muito para ver mas tudo o que veem agrada profundamente. O leão é da plateia, e a plateia, selvagem, consume-o.

Dia após dia, contudo, sua pele perde o viço, seus pelos caem em tufos grossos, sua juba desmorona. Seu olhar embaçado e sem brilho de tanto se esforçar para ver além da jaula já não vê mais nada. Olha para baixo o tempo inteiro, com a cabeça pesada. Com o corpo pesado, passa os dias lambendo as feridas não cicatrizadas.

O dono do leão tenta animá-lo com petiscos e o exibe orgulhoso aos amigos quando a fera se levanta e parece, ainda, majestosa – embora só por alguns instantes. Vejam só, o meu leão. Os mais delicados olham para o outro lado, mas a maioria aplaude. Uns até chegam a pensar: preciso de um desses na minha vida. Como ficaria bem, no meu quintal, essa fera que não ruge, não ameaça, não foge. Essa fera desdentada que não dá trabalho algum.

Antigamente ele dava trabalho, e como, o rei da savana. Hoje o animal come, dorme, ensaia um coito burocrático quando atiram uma leoa à jaula. Mal percebe quando a tiram novamente. Começa a sofrer de doenças que nunca antes leão selvagem algum sofreu. Catarata, gota, depressão. Seu dono, contudo, que em todos os lugares é conhecido como o dono do leão, enumera os benefícios do cativeiro: é um leão banhado, escovado, alimentado, saciado. Um leão estável. O que mais um bicho poderia querer?

Está tão convencido do que diz que em pouco tempo o dono adquire outro leão, um espécime mais jovem, mais forte, mais potente. É o novo centro das atrações. Enquanto isso, o velho leão obscurece. O dono não sabe se o abate ou vende, se o esconde ou devolve à savana – onde não sobreviveria sozinho por uma semana. Banguela e triste, pálido e imóvel, vira um estorvo.

Em um dia qualquer, a sua jaula amanhece vazia. Sumiu. Para onde terá ido?

Não demorará muito até que o leão jovem siga pelo mesmo caminho. Difícil notar, aliás, não se tratar do mesmo animal. Lá está ele, depois de anos enjaulado, arrastando-se com pesar de um canto a outro do cercado.

Come, dorme, ensaia um coito burocrático. Estável. O que mais um bicho poderia querer?

40. Estúpidas certezas

A certeza é a coisa mais perigosa do mundo. Nos programas de televisão, quando perguntam "você tem certeza disso?", tremo. É tão difícil ter certeza de alguma coisa – e, manifestando-a, tão certo passar por tolo, trocar automóveis por travesseiros, viagens ao redor do mundo por cascas de banana.

O Dia dos Mortos é o dia das certezas. Todos os cadáveres são quimicamente idênticos. A feia, a bonita, a princesa, a iludida. O homem é feito de água. Mais de 90% do organismo é composto por oxigênio, carbono e hidrogênio. O resto é mistério.

Um corpo morto a gente coloca sobre a mesa e escrutina.

Foi a primeira morte que trouxe a primeira certeza ao mundo. A certeza de que aquele corpo não mais se moveria, que aquele animal não poderia mais cantar, dançar, comer, beber, rir; temer, sonhar. Se a vida continua em outra parte, de outras formas, não é certo, porque nada relativo à vida é certo. Mas que a morte tudo interrompe, tudo paralisa: é uma certeza.

Pássaros mortos não fogem da gaiola, não podem mais cantar.

Atravesso o cemitério da Consolação no Dia dos Mortos. As certezas estão sob os túmulos enfeitados. São um punhado de ossos. Já a incerteza está acima da terra, pulsando: uma flor fustigada pelo sol. Lá onde mães e filhos choram, crianças correm, gatos perseguem ratos, ratos buscam abrigo em tocas escondidas sob o entulho. Essa é a beleza do caos que a nossa narrativa reordena em um cosmo provisório. Nenhuma alma sincera parece muito certa de nada, aqui na superfície do mundo.

Sem aviso às vezes volto a sofrer. Tudo bem não ter certeza, meu filho. O mundo já tem pessoas demais cheias de certezas.

À nossa volta tudo está em constante alquimia. Não é a morte que devora a vida, muito pelo contrário. A vida devora a vida, a vida devora a morte. Todas as coisas eventualmente morrem e se tornam outras coisas; basta esperar, escutar, ver. Todas as certezas estão fadadas à sepultura. É importante ter ideias e ideais, é bonito defender os seus princípios. Mas a certeza é a sombra do princípio, é a outra margem do precipício. A certeza é a doença da compaixão. É por ela que se mata em vão, que se morre em vão.

É só questão de tempo até que todas as verdades estejam desmentidas – ou superadas.

Ainda assim, os rapazes estufam seus peitos de pombo para vociferar convicções. Parece seguro atravessar o rio nas costas de um sapo.

As certezas, como os cadáveres, podem ser postas sobre a mesa fria e escrutinadas. O bisturi trêmulo de minhas dúvidas abre-lhes o escalpo, fragmenta-as em centenas de pedaços. A soma das partes nós fingimos convincentemente que representa o todo, embora saibamos que o todo não cabe em nada: muito menos em nossas cabeças tão limitadas.

Viver em dúvida é uma ideia apavorante para a maioria das pessoas, que, preventivamente, apegam-se a certezas: religiosas, científicas, morais. Mas a vida é mais poesia do que ortodoxia. Acontece nos intervalos das certezas, nas reentrâncias das convicções, nos intervalos do martelo.

Nos buracos de centenas de fechaduras em centenas de portas abertas, semiabertas, fechadas, a vida se desenrola como um filme experimental, sem roteiro, sem legendas, em plano sequência.

A única certeza é a de que estamos vivos neste instante. E isso basta.

Os mortos são 98% água, proteína, gorduras e sais minerais.

Os vivos, 100% mistério.

41. Alice,

Dizem que a vida é cheia de surpresas, e a melhor surpresa da minha vida foi você. De repente, eram suas mãos minúsculas, mãos físicas, vivas, pulsantes, que apertavam o meu dedo indicador, prendendo e soltando, em sintonia com o seu peito inebriado de ar.

Você me apertava com toda a sua força – e, no entanto, toda a sua força não era maior do que a pressão de um dedo.

Acabara de nascer. Não havia berçário no hospital, e as enfermeiras trouxeram você imediatamente para o quarto. Seus músculos ainda imaturos espasmavam sem controle, enquanto o seu choro ecoava por toda a ala deserta. Parecia quebradiça: arranjo delicado de pele e ar, de membranas translúcidas, som e luz. O maior espetáculo da Terra: ser vivo que se materializava lentamente sob os olhos do público mais atento do planeta.

Foi então que percebi que a pressão suave, de violino, que você exercia sobre as minhas mãos anunciava também seu exato oposto, uma força esmagadora de mundos, irresistível. Uma força da natureza que já varria a minha vida de alto a baixo, não se importando com mais nada. Uma força bruta e irracional, devastadora. A erupção vulcânica que incinera toda a Terra para que, na sequência, a nova vida prospere, exuberante.

Seus dedos minúsculos e fracos esmagavam não a minha carne, mas as minhas fraquezas. Destruíam tudo o que era velho e débil em mim, tudo o que era senil e fútil, tudo o que era mole e decadente.

Você era, naquele momento, porta-voz da força mais poderosa do universo, o nascimento. Você acabara de nascer. O que pode haver de mais transcendental do que isso? Vinda sabe-se lá de onde, acabara de atravessar as fronteiras de um outro mundo para cair ali, nos meus braços.

Eu não estou dizendo que foi fácil, mas foi amor à primeira vista. Na sua primeira noite neste mundo, enquanto sua mãe descansava exausta sobre a cama e as enfermeiras se recusavam a tirar você do quarto, não importava o quão alto chorasse, eu te tomei nos braços, deitei cuidadosamente na cama inclinada e deixei que descansasse no meu peito.

Você dormiu sobre o meu peito na sua primeira noite no mundo. Eu não dormi um segundo, atento a cada movimento seu, a cada som estranho, a cada gesto imprevisto, apavorado com a possibilidade de te derrubar sem querer ou então de você sentir, na sua estreia no território estranho e hostil do mundo, qualquer coisa que não fosse amor terno e incondicional.

Nos próximos anos eu tentaria escrever uma gramática das suas expressões, um alfabeto de murmúrios e gemidos, pacientemente, nas centenas de madrugadas ao seu lado. Mas ali, na primeira noite, eu nem sequer tinha a pretensão de entender qualquer coisa. Não conseguia racionalizar. Recostado com você sobre o meu peito, não pensava. Era mais pássaro do que pai: só queria me fazer de ninho.

Hoje, quando dizem que você é a minha cara, quando dizem que temos muito em comum, eu sorrio e me envaideço. Você nasceu grande, para um bebê menina, e com o tempo se tornou imensa. Não só diante dos meus olhos; no turbilhão do mundo, você cresceu, em meio a tanto caos. Parecia frágil desde o início, mas desde o início era grande, esmagando com seus dedinhos ansiosos os alicerces da minha fundação.

Desmoronei naquela noite. Nos anos seguintes, como quem brinca de Lego, você veio empilhando um a um novos blocos coloridos em mim. Cintilantes.

Quando amanheceu – era a sua primeira manhã – levantei da cama com você ainda no meu colo. Eu estava dolorido, tenso, com cãibras terríveis. Eram as dores do nascimento.

Você levantou os olhos inquietos para mim e sorriu rapidamente. Bateu no meu peito, como o médico que dá tapinhas nas costas do recém-nascido. Me virou de ponta cabeça e chacoalhou com força.

Então eu chorei.

42. Tudo muda, menos a gente

Eu sou o candidato da mudança. Se você me der uma chance, prometo mudar tudo.

Mudo a saúde, mudo a educação, mudo o transporte. Mudo tudo o que está aí: mudo de caminho, mudo de rota, mudo de mundo. Mudo de casa, mudo de carro, mudo de tudo.

Tudo muda o tempo inteiro. O filósofo dizia: você nunca pisa duas vezes no mesmo rio. O tempo corre e escorre, e na sua passagem toca todas as coisas. Fazer jornalismo é difíc?[1] por conta disso: algumas verdades também mudam. Nossos conceitos se transformam, e, com eles, tudo à nossa volta.

Da mesma forma que os políticos profissionais, amor, se você me der um voto de confiança, prometo que eu também mudo. Eu nunca mais deixo a louça na pia, eu nunca mais espio as meninas, eu nunca mais deixo a porta do armário aberta nem esqueço o dia do seu aniversário. Eu mudo.

Mudo a minha maneira de andar na rua, que te irrita tanto. Eu acelero e prometo não parar para esmolar papo com mendigos nem fitar flores nos caminhos. Eu paro de fumar, eu paro de beber, eu mudo minha forma de falar, meu jeito de escrever. Abro a gargalhada contida, espalha-fato meu discreto estilo de amar, cadencio meus passos de samba, simpatizo com teu partido político, se quiser.

Eu mudo a minha perspectiva também, meu amor, para encerrar esse desdém.

Então você vem? Eu mudo. De mudança em mudança eu me enluto e revigoro, eu me transformo. Então, você vem?

Vem. Mas venha também mudada.

Venha outra, porque daquela velha amada já estou cansado. Venha com um amor mais contido, com passos mais delicados, com olhos perdidos nas flores dos becos atravessados. Venha sem amor partidário, falando baixinho com um copo de uísque e um cigarro. Venha contar as histórias dos pedintes e dos apaixonados, venha de peito aberto, venha mais vulnerável. Venha me falar de Viena e do centro de São Paulo.

Eu mudo se você mudar, então estaremos mudados. Vamos nos transformando até que, um diante do outro, olhos nos olhos, tenhamos saudade do que éramos e vejamos que era tudo bobagem.

Tudo bobagem, amor. Nós nos travestimos, empostamos a voz, fazemos romarias, pagamos promessas ajoelhados, fazemos de um tudo para evitar a dor, a dor inescapável. Fingimos que mudamos – e fingimos tão completamente que parece ser verdade a verdade que a gente sente. A gente finge que muda para driblar uma dor que não muda; uma partida, um luto.

No fundo dos olhos sabemos silenciosamente. A pedra pode ser polida, lapidada, mas não transmutada em outra. A alquimia só funciona nas fantasias, amor, nas histórias de ninar. Diamantes, rubis, safiras, esmeraldas. Os olhos, mesmo cansados, não mudam de cor.

O mundo muda, e com ele muda tudo: o rio, o mar, o tempo, a direção dos ventos.

Tudo muda, menos a gente, menos a pedra de que somos feitos.

43. Da importância das coisas inúteis

A memória é péssima, a minha. Poderia culpar a idade, essa mula ensimesmada que avança sem se importar com as intempéries no meu rosto, corpo, nos meus olhos – com a lama nos meus sapatos. Poderia dizer, por certo: estou ficando velho, não lembro mais de tantos filmes, datas, livros, nomes, rostos, cheiros, pessoas.

Mas seria mentira, dupla mentira. Primeiro, o envelhecer não me tornou propriamente velho. Segundo, e mais honesto: a memória sempre me traiu, até no jogo de virar cartas e buscar pares idênticos saia-me mal, desde pequeno.

Mas seria outra mentira dizer que a memória é inteiramente péssima, a minha. Para um bocado de coisas ela é demasiado precisa. O problema é que as coisas que minha memória agarra são inúteis.

Minha memória é uma coleção de acontecimentos irrelevantes, museu de trivialidades e bizarrices sem uso. Panteão de fracassos e lirismo solitário, coleção de protoideias e pseudobrilhantismos, aquário de revoluções abortadas.

Não lembro o seu nome. Esqueci outro aniversário. Acho que ele me devia uma grana. Mas não esqueço o dia em que duas folhas secas caíram gentilmente sobre o para-brisa, a sensação de afundar os pés na areia fofa da Praia da Saudade, a cor de um vestido amarelo.

As coisas inúteis, muito mais do que inúteis: as coisas imprestáveis mesmo. O refrão de uma música ruim dos idos de 1980. O preço de um pacote de 7belo. As 36 pintas de uma tartaruga de estimação da infância.

Volta e meia, os alunos se queixam da inutilidade dos conteúdos ministrados em sala. Que propósito tem saber o nome da capital do Burundi, o número atômico do Bário, o título, nome e sobrenome dos senhores das guerras de alhures? Que razão haverá, pergunta a razão inquieta.

Eu, com memória péssima, já li dezenas de justificativas pedagógicas para tanto. Mas delas já não lembro.

Lembro e relembro das folhas secas pousando no para-brisa. Era terça-feira, meio dia, ia a caminho do colégio buscar minha filha. O trânsito, a pressa, a vida parou por duas folhas pequeninas.

Inúteis.

No meio de uma discussão, no meio de um funeral, lembro delas. Como rodopiaram quatro ou cinco vezes até se ajeitarem diante do capô, silenciosamente. E como partiram depois, ao engate da marcha, para nunca mais.

Aquele dia de rotinas e inutilidades.

Às vezes me escondo da promessa do extraordinário: vamos à melhor festa de todos os tempos? Resisto. Acho que nem lembrarei dela, dias depois. Mas sorrio diante do banal. Às vezes só as coisas inúteis nos salvam.

44. Viajar é naufragar a si próprio

Atravesso o Atlântico para visitar Portugal. Lá os caminhos se bifurcam. Ando. Ando muito. Nas ruas ninguém me percebe. Nada me sabe: pavimentos, lojas, árvores, postes, placas, pombos, cães. Passo incógnito. Não sei se me apago ou se me reafirmo, sem referência em terra estrangeira.

No exterior lembro de uma famosa entrevista de Nelson Rodrigues. Ao seu modo, sem meias palavras, diz: "Acho que a viagem é a mais empobrecedora, direi mesmo a mais burra das experiências humanas".

Às vezes alcanço Nelson e consigo enxergá-lo por entre as brumações do mito. Na viagem o sujeito, diz ele, deixa de existir, porque todo sujeito existe apenas em função do outro. Nos reconhecemos e nos estranhamos no olhar do outro, na alteridade. O homem que nasce e morre na ilha deserta nem homem se torna, portanto. Os náufragos, para não enlouquecerem, criam seus homens: bonecos de pau, coqueiros, rabiscos nas cavernas. Bola de vôlei.

Viajar é naufragar-se a si próprio.

Viajar é não existir, nesse sentido rodrigueano. "*Otto Lara Resende (...) foi à Escandinávia, chegou lá e não foi olhado por ninguém. Se ele desfilasse nu pela Avenida Central de lá, não teria a observação de um guarda, simplesmente porque o guarda não o olharia. O nosso querido Otto na Escandinávia não foi reconhecido por um mísero bacalhau e ele teve então a sensação de que não existia.*"

Flerto muitas vezes com a fantasia das terras distantes. Fascina-me a ideia de cruzar oceanos, desbravar culturas, presenciar o outro, experimentar o novo. Mas, separado de minha família, filha, amigos, colegas, vizinhos, porteiro, estranhos da rua XV de Novembro, cães, casa, livros, cama, móveis, contas, trabalhos, pedras, céu paulistano, céu curitibano, calçamento, carro, praça, faculdade, parque, o teatro em que beijei um amor antigo, o banco de praça em que escrevi poemas para uma pequena perdida, a esquina em que cultivei a memória de um encontro, o que sou?

Quando o homem se separa disso, então ele deixa de existir, diz Nelson.

Deixo. Eu o entendo às vezes. A viagem não é solução de problema nenhum – além do tédio. Não é superior método de aprendizado, como se só pudéssemos apreender Paris com uma visita a Paris. Sinceramente, de que adiantam 48 horas em Paris?

Mas qual é o problema de não ser reconhecido, qual o problema de deixar de existir por um tempo? Mergulhar na multidão, invisível, passeando o olhar por entre as frestas da cidade?

Vivemos a dizer que o tempo acelera. Pelas ruas estranhas, becos tortos, vielas estreitas, guio-me pelo GPS. Economizo minutos. Mas ainda sou homem, e o tempo do meu aprendizado é o tempo do homem, das coisas do homem, da minha ancestral humanidade. É verdade. Se meu objetivo fosse de fato conhecer Portugal, talvez só começasse a entender Lisboa depois de 3 meses ou mais na cidade, perdendo-me sem satélites. Mas tenho só três dias e muita pressa.

Uma parte de mim teima e sorri em plena correria. Ainda que sejam apenas 48 horas em Paris, ou uma semana em Lisboa. Ainda que seja insuficiente, a experiência é a experiência, e é melhor tê-la do que não tê-la.

É disso que trata esta viagem – aliás, qualquer viagem, mesmo as mais aceleradas. Ainda que breve, ainda que óbvia, ainda que imperfeita, esta é a viagem possível no tempo possível da vida possível, que é a única, agora.

Deixo a existência rodrigueana para depois. Nesses dias, não quero ser, quero apenas estar e me deixar naufragar, ou flutuar nos olhos da multidão.

45. O melhor de uma viagem

Uma viagem é feita de pedras, paisagens, direções, confusões, atalhos. Iscas para os olhos: monumentos.

O Mosteiro dos Jerônimos, em Lisboa, foi construído no século 16. Sua imponência impressiona desde a torre de Belém, de onde se vigiava a entrada da capital pelo Tejo. Alfama é o primeiro bairro lisboeta; com seus inúmeros becos e relevos, resistiu ao terremoto de 1755. Em Sintra paramos numa confeitaria de 160 anos de idade em que foi criado um doce chamado travesseiro. Na universidade de Coimbra, a mais antiga de Portugal, morcegos preservam livros comendo insetos à noite. No Palácio da Bolsa do Porto está o salão árabe mais bonito da Europa, com 20 quilos de ouro laminado nas paredes.

Vi tudo isso. Mas, de tudo isso que vi, pouco me ficou. Talvez façamos muitas fotos de monumentos justamente por isso: porque passam. Erguem-se imponentes por centenas, milhares de anos sobre a terra. Nos nossos olhos e na nossa memória, contudo, passam como o vento.

Os castelos, feitos de pedra, parecem às vezes feitos de pó.

Um amigo me emprestou um guia de viagem para Portugal. Os roteiros eram divididos em museus e atrações históricas, bares e restaurantes, compras. Séculos cá e acolá. *Repare* na decoração com motivos renascentistas. *Atente* para o gárgula da fachada. *Observe* a vista do alto da torre. Este pórtico foi construído há seiscentos anos para conter invasores.

O problema dos guias é sua crônica falta de paixão.

Agora, era eu o invasor contra os pórticos de seiscentos anos. O primeiro passo de minha estratégia militar é sempre o mesmo: perdição. A viagem só começa realmente quando aquele misto de pânico e euforia tomam conta de você. Perdido, confuso, à deriva. Enfim aberto para todas as possibilidades do mundo. (Ficar é fechar, viajar é abrir-se.)

Quero flutuar à deriva e parar onde o corpo pedir. Depois prosseguir. Olhar com os olhos vadios as esquinas, becos, construções. Olhar sobretudo as pessoas.

Faço um tipo de turismo peculiar – por isso, talvez, prefira viajar sozinho. Faço turismo pelos rostos dos passantes, pelas rugas, pelos gestos, jeitos de falar, andar, sorrir, sofrer, correr, comer, flertar, brigar, chorar. Turistei pela língua batida nos dentes de um grupo de estudantes, e pelo flerte desajeitado de adolescentes na av. Liberdade, e pelos passos firmes dos velhos nas ladeiras de Lisboa, e pelo alvoroço das crianças em véspera de Natal numa praça do Porto, e pela discussão de um casal de namorados à mesa do café.

Amo os museus e suas coleções, amo as pedras seculares, amo obras de arte que me emocionam. Mas esses lugares estão tão apinhados de turistas atarefados, com câmeras, guias e checklists impossíveis, agrupados em ruidosos bandos, que às vezes troco o museu pela rua, onde faço meu turismo particular de gentes comuns, infinitas.

Perguntaram-me, à volta, como é Portugal, como foi a viagem. Falo de museus, falo de palácios. Não percam Sintra. O mosteiro dos Jerônimos. Igrejas de mais de mil anos.

Saco as fotografias do celular. Às vezes tenho dificuldade para explicar do que tratam. Museus, castelos, pedras. Com o tempo, tudo é monumento.

Mas não esqueço do velho que me perguntou as horas em uma rua qualquer do Porto. Percebendo que sou brasileiro, quis saber para onde eu ia. Então refez todo o meu roteiro, indicando outros lugares, melhores. Levou-me a um posto de gasolina para comprarmos um bilhete de ônibus e me deixou no ponto, indicando o horário do autocarro. Apertou-me as mãos. *Se puderes me dar três euros...* ele disse. Eu ri, entretido com aquele guia maltrapilho e malandro. Estendi-lhe três moedas e apertei novamente suas mãos. Lembro da marca amarelada de nicotina na sua pele, das sobrancelhas um pouca caídas e dos olhos melancólicos. Lembro da boina furta-cor e das calças quadriculadas. Lembro da camisa vinho e do seu português quase incompreensível para mim, recém-chegado ("Torre dos Clérigos" só entendi na quarta tentativa).

Nenhuma fotografia captou o momento em que uma moça me estendeu a mão enquanto eu tentava patinar no gelo. Nenhum guia dizia: vá patinar no gelo, caia, talvez lhe estendam a mão. Ela chegou com destreza ao meu lado, deslizando graciosamente, e perguntou, rindo-se: *Queres ajuda?* Não recusei.

Adverti que iria acabar derrubando ambos. Derrubei. Levantamos; ela riu, eu ri, depois seguimos nossos destinos.

Como dizer, em qualquer guia, a qualquer tempo: não perca o sorriso de uma portuguesa num rinque de patinação. Caia. Leve band-aids porque provavelmente você machucará os pés (esfolei-me razoavelmente, como sempre).

As pessoas, feitas de pó, parecem às vezes feitas de mármore. A memória delas em nós perdura. O sorriso, um gesto, trejeitos, a maneira de falar. Estátuas, como carne, apodrecem na lembrança.

Nenhum guia indica isso, até porque seria a falência dos guias. Deveriam dizer, logo às primeiras páginas: esqueça os monumentos, perca-se e fale com as pessoas. Em qualquer viagem, a qualquer tempo, em qualquer lugar: as pessoas.

46. Deixa chorar

O pediatra foi enfático: deixa ela chorar. Paulo ficou apreensivo. Quer dizer, na verdade ele entendera a explicação racional toda, o fato de que o bebê faria a associação rapidamente (se é que já não fizera): chorar de madrugada é igual a colo de pai e mãe. Assim, por mais que a filhota estivesse totalmente confortável, saudável, bem alimentada e feliz, continuaria a transformar as horas mortas num pandemônio, só para ganhar colo.

O pai concordou com o pediatra, até porque, na cabeça dele, discordar de pediatra era como discordar de padre, psicanalista, amigo e pai, tudo ao mesmo tempo. O médico, o ancestral doutor Arsênio, era uma espécie de xamã da tribo dos novos pais. Sandro, o galã, Julião, o piadista, e até o Fábio, o único pai da turma ainda casado, frequentavam as sessões mensais no doutor Arsênio, que era o contrário do que se poderia esperar de um pediatra.

Seu consultório não era colorido e cheio de bichinhos de pelúcia ou traquitanas assépticas da *Fisher Price*. Não havia aquário de balas e pirulitos, sua secretária não era jovem e simpática, sua mesa não ostentava porta-retratos de famílias felizes. Era tudo muito simples e objetivo.

Doutor Arsênio era um velho duro, duro como o nome e o sotaque inidentificável de algum canto do leste europeu. Mas era um tipo bom. Lá pela terceira consulta se descobria que era um tipo realmente bom, que escondia um imenso coração. Exercia, contudo, a sua bondade pelo martelo.

Falava apenas o absolutamente necessário. Não sorria. Era rigidamente militar nas broncas – que, para a turma de Paulo, eram como sermões bíblicos. *Esquece isso de estudar à tarde, criança tem de estudar de manhã! Para de dar porcaria! Põe na cama às oito! Acorda às seis! Nunca vi criança morrer de fome tendo comida em casa! Computador e celular não são brinquedos! Corta o doce! Corta a TV!*

E então, enfim, a mais temida de todas as ordens: *deixa chorar! Deixa chorar que choro não mata.*

Não mata. Embora racionalmente a explicação do doutor Arsênio fizesse todo o sentido, o fato é que Paulo nunca fez nada tão difícil em toda a sua vida. Era um professor medianamente bem sucedido e já passara por perrengues enormes na vida, como a gravidez surpresa da ex-namorada, a demissão, sair da casa dos pais sem barba e sem grana e, depois, sair da casa da ex-mulher com barba e sem grana. Já escrevera três livros sem nenhuma repercussão. Mantinha um blog sobre paternidade bastante atualizado e de conteúdo interessante, mas nenhum acesso. Perdera uma grana boa em empréstimos a caloteiros.

Mas nada disso se comparava a *deixar chorar*.

Depois da dura, decidiu tentar. Tentar deixar.

O plano foi parcialmente bem sucedido. Conseguiu deixar chorar. Por cinco minutos. Depois, colo. Mas era assim mesmo, segundo o relato de outros pais. Na primeira noite a gente deixa uns segundos, depois minutos, depois até amanhecer. E o choro para logo que a criança percebe que a chantagem – mas que palavra pesada! – não funcionará mais.

Eventualmente, chegou lá. Ninguém sabe dizer, contudo, se chegou lá porque adquiriu a fibra necessária ou se porque a filha cresceu e abandonou o hábito de acordar de madrugada assim como abandonou chupeta, mamadeira e fraldas. Mas chegou lá, no tempo possível, e nunca mais voltou ao pediatra, ocupado com as novas rotinas da vida.

Eventualmente formou nova família, até. Agora vive com a filha adolescente e a nova esposa, que está grávida. Sente-se muito mais preparado, embora internamente tenha dúvidas: será capaz de deixar chorar?

Quando a mulher engravidou, procurou o dr. Arsênio para dividir a notícia e agendar uma consulta para apresentá-los, mas ninguém atendia mais o velho número do consultório.

Foi o Julião que comentou, um dia no bar, casualmente: *Que tragédia, a do doutor Arsênio. Vocês souberam?*

Havia morrido. Aparentemente, ataque cardíaco, num dia como outro qualquer, em pleno consultório. Uns diziam que foi durante uma consulta, discutindo com um pai que dera um smartphone novinho à filha de seis anos.

E de repente um soluço, um suspiro baixinho. Fábio emendou que, em se tratando de notícia triste, aí vai: vou me separar. Logo desatou num choro tão incontido que chamou a atenção no bar. Os garçons ouviam cúmplices, com as bandejas sob os braços e os olhos pregados no chão. A situação era estranha e constrangedora, mas ninguém se atreveu a interromper o Fábio, que engasgava com as próprias lágrimas.

Antes que Julião fizesse menção a uma piada sem jeito, para cortar o clima embaraçoso, Paulo cobriu o ombro do amigo com as mãos.

Era preciso deixar chorar.

47. Viver para ganhar

Nossa fantasia coletiva é ganhar na loteria. Simples, direta, sem grande substância filosófica. Ganhar na loteria – de preferência a acumulada – e um belo dia acordar com 20, quiçá 40 milhões de reais na poupança. Nunca mais fazer nada.

Então as portas do mundo estariam abertas. Nunca mais o felizardo haveria de se preocupar com qualquer coisa que fosse. O espírito de Deus adormece numa pilha de dinheiro, onipotente. Saúde, amor, amizade, realização pessoal, profissional, espiritual: o pacote Mega-Sena inclui tudo isso e muito mais.

Eu também nutria essa fantasia. Até hoje, volta e meia me pego sonhando acordado. O que eu faria com 40 milhões de reais? Mas, limitado que sou, no campo da imaginação perdulária, dificilmente passo de "viajar o mundo", "mudar para uma casa com jardim e biblioteca" e "comprar tempo para escrever".

À medida que os aniversários passam, a lista encolhe. Com 15 anos eu saberia torrar milhões em poucos dias. Com o dobro disso, mal saberia por onde começar. Envelhecer (bem) é não entender, é se despojar das certezas. É, caso tenha dado tudo certo, espantar-se mais e mais.

Entre as coisas que desaprendi de saber, no início da envelhescência, está o dinheiro; o apetite de acumular. Obviamente agradeço o tostão de comida, casa, saúde, estudos, viagens e pequenas indulgências – tortas de chocolate, capuccinos e sessões de cinema. Ademais, seriam bem-vindos ingressos para shows que me recuso a comprar. Mas só.

Valorizo os centavos, abstraio os milhões.

Em algum momento cheguei a ficar feliz com isso, com a redução das ambições monetárias, vislumbrando aí a trilha da paz espiritual: a libertação do desejo. Se você tem vinte anos e se cobra diariamente a conquista do primeiro milhão de reais antes dos 30, sabe do que estou falando. Se você completou 30 e já não está nem aí com isso, somos irmãos.

Mas é claro que um desejo vai sendo substituído por outros dois, e assim seguimos. Se não tenho como meta o milhão, tenho outras ambições, talvez mais inatingíveis ainda, porque abstratas, inquantificáveis. Saber, conhecer, expressar, sentir, perdoar.

Na TV, não pensam assim. Pasmo diante de celebridades anunciando produtos de má qualidade com sorrisos amarelados no rosto. Eu me pergunto: por quê? Que diferença faz, na conta dos famosos, embolsar mais 50, 100 ou 200 mil reais? Por que alimentar essa engrenagem desumana? Por que chancelar produtos que mal conhecem em troca de um dinheiro que certamente não usarão? Quando *muito* é suficiente? Quando *mais* é supérfluo?

Nos meus 50 metros quadrados na Pompéia, nada sei da necessidade de acumular capital, não entendo em que momento a atividade-meio (ganhar dinheiro) passa a ser atividade-fim (ganhar dinheiro).

Se pudesse, eu teria uma casa com jardim. O jardim eu povoaria de árvores frutíferas e cachorros. Nos fins de semana, leria meus livros favoritos sob a sombra das pitangueiras.

E assim, sem nunca mais ter jogado na loteria, eu me sentiria um grande vencedor da vida.

48. Dezembro não passa

"Abril é o mais cruel dos meses, germina lilases da terra morta, mistura memória e desejo, aviva agônicas raízes com a chuva da primavera."

Esses são os versos iniciais de um dos poemas mais lindos que eu já soube. Saber um poema é mais do que ler: primeiro se aproximar pelas beiradas, divisar seu contorno contra a luz, sentir a garganta secar, reparar nos seus pés de bailarina – às vezes de espantalho –, deixar a imaginação tocar os seus pelos, seus cabelos.

Admirar o poema. Suas formas. As delicadas estruturas do verso – que, se realmente poéticas, desmoronam à menor lufada. A maneira como tudo se encaixa perfeitamente, mesmo num poema sujo, mesmo que escuro, ou menos que escuro, menos que fosso e muro.

Das coisas feitas pelo homem, o poema é das que mais se aproximam da natureza. Tem seu próprio ecossistema, sua própria lógica e moralidade. Um poema, se poético, não é nem bom nem mau nem decente nem indecente nem qualquer coisa do tipo – assim como um cão, uma nuvem ou uma flor.

Um poema é; tem sua própria verdade. Existe, e sua existência põe a nossa em perspectiva. Com sorte, ele nos ajuda a atravessar a vida – como a Terra Devastada, de Eliot, tem me ajudado incontáveis vezes. Como um disco de Miles Davis.

Eu nunca entendi muito bem por que a cisma com abril, contudo. É o início da primavera no Hemisfério

Norte, e disso a força criadora germinando lilases e desejos. Talvez a crueldade seja remoer e reviver, talvez criar seja cruel. Talvez nascer seja cruel. Talvez a beleza.

Não sou Eliot nem posso querer ser, mas, se pudesse, eu diria que dezembro é o mais cruel dos meses. Dezembro, um déjà vu perpétuo, mês ensimesmado, preso ao próprio rabo. Todos os dezembros foram iguais. Coleção de chavões. Os mesmos abraços, embora às vezes por outros braços, os mesmo votos, as mesmas carnes, as mesmas canções. As mesmas notícias de chuva e crime, de política e religião.

Se o mundo é uma ilusão, uma simulação de computador, é em dezembro que desligam as máquinas para manutenção. Em dezembro os servidores são recalibrados. Enquanto isso, rodam os programas de anos esquecidos, os fantasmas de natais passados, projetando sobre nós as mesmas dúvidas, as mesmas angústias, as mesmas aspirações.

Os fantasmas de todos os Natais, passados, presentes e futuros, são, ao cabo da história, todos iguais. Dezembro, marcado pelo nascimento mais importante da história do Ocidente, é mês de assombrações. Como se nada mais pudesse ocorrer, nada mais importasse, depois de Cristo. Quando nasce um deus, tudo o mais fica à sombra.

Dezembro é um mês que não passa, e, quando passa, não fica.

49. Somos todos medíocres

Somos medíocres. Nem bons nem maus, nem pequenos nem grandes, apenas medianos. Medíocres. Ninguém quer ser medíocre, claro, ninguém diz quero ser notoriamente desprovido de valor, por isso ninguém toca no assunto, ninguém faz a terrível pergunta. Será que eu sou? Você é? Fazê-la invariavelmente significa admitir o óbvio – então, como nas famílias em que os velhos se recusam a enxergar a diferença, seguimos voluntariamente cegos.

Não queremos ser medíocres, porém somos. Por quê?

A terceira margem do rio é onde enlouquecemos – ou nos afogamos. Em uma margem estão os medíocres, na outra, os extraordinários, homens e mulheres fabulosos, cujo rastro perdura muito além de seus dias. No meio disso, sob a correnteza, os que temos coragem de saltar tremem e se debatem dia e noite.

"Não existem duas palavras mais nocivas na língua inglesa do que 'good job'", diz o maestro de *Whiplash*, filme sobre a relação entre o mestre psicótico e seu promissor aluno, baterista de jazz. Talvez tenha razão. O maestro oprime e assedia para "incentivar". Estará correto? Ninguém sabe como cruzar a margem ensolarada da mediocridade rumo à transcendência. A travessia é misteriosa e individual, e nela talvez não funcionem nem palmas indulgentes nem pontapés.

Pessoalmente, não imagino que seja necessário oprimir para transcender. Chicotear Da Vinci até que produza um Da Vinci. Queimar a pele de Shakespeare. Mas arrisco imaginar que o primeiro passo para avançar além da mediocridade é reconhecê-la. Sim, somos medíocres. Desconfio que mesmo os extraordinários se imaginem quase diariamente medíocres – não diante de mim ou de você, mas diante do que poderiam ser.

"Um bom trabalho" precisa ser mais do que medíocre, mediano, comum. Precisa ser especial. Banalizamos a genialidade no dia a dia.

Honestamente, eu sou medíocre também. A contragosto, é claro, e a despeito de currículo e tapinhas nos ombros. A despeito de "good jobs" às segundas-feiras. Minha mediocridade me incomoda demais, como uma ferida que as tardes salgam. É por isso que leio e escrevo diariamente, não importa para quem ou como. Nas calmarias do rio, nas tréguas de tempestade, até consigo avançar uma braçada ou duas para deixar de ser medíocre. Quando canso, recuo. A correnteza me arrasta para trás, para a margem sólida e segura dos medíocres. Ali penso que eu poderia dormir um pouco mais. Só um pouco mais. Porém resisto.

É natural cansar, pausar, duvidar. Cruzar o rio é um jogo de avanços e recuos, e não uma corrida de explosão. Mais importante é retomar logo o passo.

É claro que quem não se incomoda com isso não avança – mas também não se afoga. Não há riscos à margem (especialmente se a margem é o centro de tudo). Ali permanecemos confortáveis. Se a mediocridade é uma escolha, não há muito a fazer. O mundo precisa de medianos, muitos medianos, pessoas nem pequenas nem grandes nem boas nem más que deem parâmetro a todos os valores.

Mas, se a mediocridade é involuntária, uma sabotagem do corpo e da alma, gostosamente acomodados à vida de águas paradas, convém despertar. Despertar para a mais inglória de todas as batalhas, em que as poucas chances de êxito paralisam os incertos e não sobrevive quem não se conhece e sabe aonde quer chegar.

Não basta um surto de coragem. Os incertos morrem no caminho, afogados, ou retornam à margem errada, taciturnos e exaustos. A disciplina da travessia é lenta e obstinada. Iniciá-la já é extraordinário.

50. Sem falsa modéstia

Na saída da escola, vejo o menino impossivelmente contente. Certas alegrias, assim tão puras que machucam os olhos cansados, só parecem possíveis antes dos 15 anos de idade. Seu peito infla e os lábios se esticam num sorriso incontido: "Pai, tirei dez na prova". Os dois compartilham de um orgulho luminoso, e naquele segundo todas as coisas parecem estar encaixadas nos devidos lugares. Por um instante o presente se paga e o futuro é glorioso. É uma cena bonita.

É uma cena das mais bonitas, que rareia. O orgulho, o orgulhar-se de si próprio assim, escasseia. Na idade adulta se esconde, perseguido por milênios de tradições religiosas, etiquetas sociais e hipocrisia. Definha. Vira uma fagulha bem miúda e bem efêmera, que não convém apontar, que mal convém sentir. Sentir orgulho, aquele orgulho explosivo da meninice, um brio de não caber em si, pega mal.

Pega mal? O orgulho dos adultos é sempre considerado um exagero, um ufanismo, uma chatice. Batemos palmas apenas aos homens humildes e às suas virtudes. Sim, sua simplicidade é fonte de beleza, como o campo, a árvore e o lago.

Eu gosto de campo, árvore e lago. Mas gosto também da águia, do leão e dos bichos selvagens, e gosto da maré revolta e da tempestade. Todas as fúrias do mundo, que caminham altivamente, são belas à sua maneira. Sim, sua beleza ostensiva pode humilhar os humilhados e diminuir os diminuídos, pode cegar os cegos e revoltar os revoltados. Quanta arrogância, dizem os medíocres, em uma tempestade. Todos os dias deveriam ser de silencioso e tímido mormaço.

E assim o triunfo da idiotia faz triunfar não a humildade bela, mas uma falsa aparência de humildade. Um aspecto simplório fraudulento, falsificado. Fiquemos com a tempestade. Ah, sim, fiquemos com a tempestade!

Na porta da escola eu vejo o menino e me emociono. Os meninos podem ser orgulhosos, bem como seus pais, ainda que a eles se peça mais discrição. E nós? Qual foi a última vez em que sentimos orgulho de nós assim, sem cautela, sem modéstia neste mundo miserável? Quando mandamos às favas todos os controles e impressões alheias e nos fizemos entrar para as nossas próprias histórias?

Soterrada na rotina, no trânsito e no escritório, nos sofás e travesseiros, embalada em banhos mornos e sonhos que sonharam para nós, a vida dos confortos monótonos não orgulha ninguém. Nem deveria. Por isso o orgulho é tão estranho – por isso é condenável. Cada dia vencido já é uma vitória. Somos todos vencedores em tudo, na vida.

Rejeito a cartilha, mas não consigo me libertar facilmente das armadilhas do cotidiano mediano, medianamente satisfatório. Como ousar bater os punhos no peito, agora, e ignorar cem mil olhares de reprovação invejosa? Como poderei me orgulhar de mim, do que fiz, do que me torno a cada dia, a despeito de tudo e de todos, e também por causa de tudo e de todos, sem falsa modéstia?

Hoje procuro, como o menino à porta da escola, na minha meninice, a chave perdida.

51. Distante da civilização

Volto de uma longa caminhada pelo Monte Roraima, subida e descida. Os amigos que me chamaram de louco por ir para uma região selvagem, sem água e sem luz elétrica, ficaram em São Paulo, sem água e sem luz elétrica. Outro falou "cuidado com a dengue". Então pegou dengue em São Paulo.

O conceito de "civilização" é discutível. E "conforto", o que é? Ficar preso no trânsito abissal entre o aeroporto de Guarulhos e a minha casa, porém em um carro com ar-condicionado, é um conforto?

Na montanha não havia torneira, banheiro ou eletricidade. Mas havia banho de rio, cachoeira, ar puro, passarinho, paisagens intocadas e o céu estrelado mais bonito que já vi. Mais que conforto, um luxo.

Toda viagem é aprendizagem, e durante as andanças de sete, oito horas por dia, eu pensava no que ficaria comigo, de tudo daquilo. Comecei um diário no primeiro dia. Rabisquei mais de 40 páginas até o sétimo. Às vezes, autoconselhos pueris ("tomar mais banhos gelados"), às vezes, epifanias sobre o sentido da – minha – vida.

Cada viagem é única e, assim como a experiência de aprendizagem, não pode ser reproduzida indistintamente, pois toda viagem é para dentro de si e, embora afetada por montanhas, praias, hotéis, festas e companhias, nunca deixa de ser, em essência, uma experiência subjetiva. Como a caminhada.

Logo de início, o guia avisa: as trilhas são difíceis.

Na trilha, logo percebemos que cada caminho se faz ao caminhar, e, principalmente, que cada um caminha do seu jeito. Não adianta apressar os lerdos, retardar os acelerados. Em pouco tempo, retomam o ritmo original. O caminhante faz o caminho.

No meu caminho aprendi que os primeiros vinte minutos de andança eram os mais difíceis, quase insuportáveis. Que o corpo é um animal de carga, teimoso, preguiçoso, que tende à inércia. Só age mediante a insistência do espírito, que precisa ser firme até que aquele animal empacado passe a aceitar placidamente o destino de nos carregar montanha acima.

Uma vez convencido, o corpo reage e caminha. Basta que se assegure de que é indispensável andar.

***

Em uma trilha as estradas frequentemente se bifurcam, e nunca sabemos muito bem por qual lado seguir. Mas os caminhos que levam ao Monte Roraima são como os da vida: embora se multipliquem e se dividam em trechos mais ou menos tortuosos, aclives e declives, sombreados ou cáusticos, todos levam ao mesmo destino, a montanha.

Também aprendi isto: não importa por onde se vá, o destino será o mesmo para todos os que andam sobre a terra. Mas o caminho pode ser mais ou menos fácil, mais curto ou mais longo, mais seguro ou mais perigoso.

Todos saímos do mesmo ponto e chegamos ao mesmo fim, sem distinções. E a dor da caminhada nos aproxima: somos todos ainda mais iguais quando estamos suados, com frio, distensões, bolhas, calos e unhas roxas.

O vento de Roraima bate sobre todos, o sol de Roraima fustiga a todos. Todos se apoiam diante de um paredão, trocam provisões, estendem as mãos, comemoram a conquista de mais cem metros e se maravilham com o canto de um pássaro.

Sem água encanada nem luz, sem banheiros nem shopping centers, é maravilhosa, a civilização.

52. Pensar demais, pensar de menos

O mundo pode ser dividido entre as pessoas que aproveitam os feriados prolongados para pensar muito sobre tudo e os que aproveitam para pensar menos, para pensar em nada.

Quanto a mim, sempre fui do primeiro tipo – infelizmente.

Pouco sei, portanto, sobre pensar nada, embora tenha devotado muita reflexão ao tema. Apesar de pensar muito e sobre tudo, sobretudo pensar, há saberes que não se pode apreender pelo pensamento. Saberes selvagens, saberes livres que só são possíveis, creio, de experenciar. Por isso por mais que eu tente imaginar e me esforce empilhando linhas e palavras, jamais consigo me aproximar da epifania do não pensar. Só não pensando se podem conhecer as virtudes e vícios do não pensar.

Você pensa demais, Renato, me disseram quatro parentes, seis amigos e três ex-namoradas. Todos, de alguma forma, pensavam ter razão na maneira de pensar: às vezes, convém evitar.

Não tenho preconceito contra quem não pensa muito. Para mim, quem pensa menos vive às portas do Nirvana, perfeitamente sintonizado à natureza, que também não é dada a sofismas.

Mas é claro que há não pensares e há não pensantes. Existem muitas maneiras de não pensar, e creio que só umas poucas são pura virtude. A maioria é pequenez, é não pensar para fugir, como uma garrafa de cachaça que escondemos sob o chapéu para toda e qualquer emergência. Os que não pensam porque não suportam pensar, que não pensam porque tudo precisam evitar, não têm minha simpatia. Não consigo conceber um Nirvana que se abra por preguiça, apatia, covardia, insensibilidade, incapacidade de amar.

O não pensar que almejo é a coroação do pensamento, o cume mais alto em que os alpinistas enfim descansam, vitoriosos. O não pensar que, pelo exercício rigoroso dos cinco sentidos, pela disciplina férrea do amor, conquistamos após longa escalada, com esforço intenso.

Assim eu gostaria de não pensar, como uma consciência pairando sobre angústias e desejos comezinhos. Não mais próximo dos gritos da rua, não mais próximo dos sociopatas com grandes planos, a qualquer momento prontos para destruir o mundo com sua ignorância altiva. Queria atingir um não pensar que fosse mais próximo de Deus — qualquer que seja a sua cor, o seu sexo, a sua estatura, as suas posses, a sua religião.

Pensar demais também pode ser bom ou ruim. Pode, curiosamente, levar aos mesmos sintomas de pensar de menos: apatia, afasia, paralisia. Quem pensa muito pode terminar soterrado pela avalanche, incinerado pelo monumento em chamas. Quando o pensamento é bom, contudo, dá à luz a filosofia, a arte, a palavra ou o gesto que nos engrandecem. Nenhuma obra de Shakespeare é fruto do acaso.

Pensar pode ser vida ou morte, inércia ou criação. O pensador de Rodin é um monumento triste ao pensamento, pensei na primeira vez que o vi, na Pinacoteca de São Paulo, porque cristaliza uma reflexão paralítica e paralisante. Não imagino *aquele* pensador dançando, comendo, amando. Imagino-o apenas imóvel, eternamente, vítima de seus próprios novelos. Um pensador triste.

Ou teria sido apenas um pensamento triste que me ocorreu, bem no meio do feriadão?

53. Saber a felicidade

A felicidade verdadeira é discreta. Não se exibe em aquários virtuais, agitando sua cauda multicolorida de peixe. É tão discreta, aliás, que quase sempre passa despercebida, invisível aos cinco sentidos.

Todo mundo sabe quando está triste, mas raramente alguém consegue identificar a felicidade. "Eu era feliz e não sabia", queixam-se os desgostosos. O contrário não se ouve. Todo mundo sabe quando está triste.

Acontece que não saber alguma coisa é um espinho, uma cãibra, um incômodo. O ser humano é cheio de manias e de complexidades, e, entre elas todas, está o querer saber, o querer entender e, no mais das vezes, o querer controlar. Há qualquer coisa angustiante na felicidade. Não apenas a angústia de a todo momento querer prever um fim a ela, prevenindo-se, repetindo a si mesmo que nada é para sempre – o que, de todas as justificativas para não viver bem, parece-me a pior. A felicidade angustia porque está sempre cercada por uma bruma de mistério. É um não saber que nos alfineta ao fim do dia: afinal, o que está acontecendo? Sei que não estou triste, mas então, estarei o que?

É doloroso não saber, assim como pode ser doloroso o prazer.

A infelicidade nós reconhecemos de longe. É fácil ser infeliz. É, até, reconfortante. Sabemos exatamente por que estamos tristes, no mais das vezes, ainda que nem todos os motivos sejam tão concretos quanto um funeral. Vêm notícias da infelicidade pela lente que embaça os olhos, pela pedra que obstrui o estômago, pelo inchaço da garganta. Eu queria ser mais, eu queria ser melhor. Eu queria ter mais. Carro, celular, apartamento, tempo, dinheiro, relógios, sexo, serviçais. Estamos cercados por coisas úteis e inúteis que adquirimos para obter um segundo de felicidade e muitos anos de miséria, depois que se vão.

De certo modo, a miséria existencial é mais sociável. Quando estamos tristes, a notícia se espalha entre os amigos como folhas sobre a água quente; oferecem um abraço e uma xícara de chá. Quando felizes, nos evitam. Estão bem, não precisam de mais nada. Estar triste é, para muitos, estar em casa.

A felicidade, quando não é uma explosão repentina, o nascimento de um filho, uma loteria, aproxima-se com carinho, lentamente. Toca primeiro as pontas dos dedos, depois toma com suavidade a nossa mão, avança delicadamente pelo braço, ombro, pescoço, tamborilando imperceptivelmente com patas finas até encostar seus lábios nos nossos lábios e deixar um beijo morno nos envolver.

Quem está ocupado demais trabalhando, correndo, acelerando, gritando, fervendo o chá do desagravo, não sente o roçar desses dedos minúsculos no cabelo, não sabe o beijo. Então a felicidade vira uma coisa esquisita e sem nome, um estranho que talvez tenha passado por nós na rua com um sorriso gratuito e tolo, anteontem. É raro que a felicidade brilhe diante dos nossos olhos, fulgurante, como uma pedra preciosa. Mais difícil do que ser feliz é saber-se feliz.

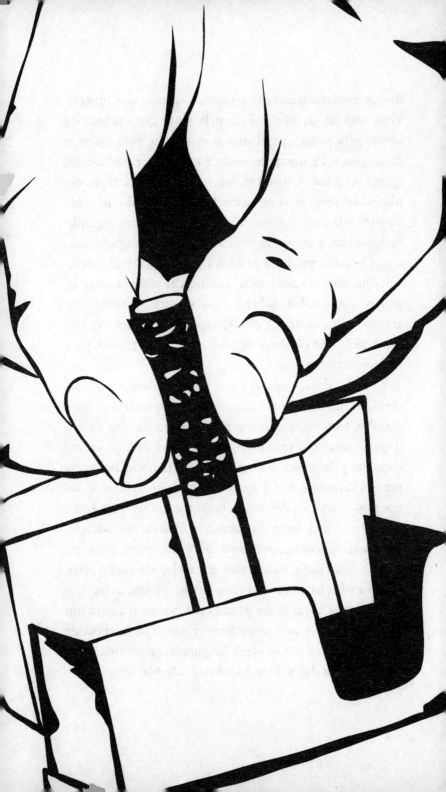

54. Ando pensando em arrumar um vício

Ando pensando em arrumar um vício. É sério. Eu sei o que dizem todos os médicos, todos os especialistas em dizer como os outros devem viver. Eu sei. Mas é que cheguei a uma conclusão avassaladora, nas últimas semanas: viver sem vícios é muito perigoso.

É muito, muito perigoso acordar de manhã e pôr os pés no chão. Tomar o celular nas mãos. Ler as últimas notícias de política, de economia. A derrota de seu time. A resenha daquela peça fantástica que você não vai ver – o que o lembra, aliás, de todos os filmes maravilhosos que já saíram de cartaz. Espiar as redes sociais e esfregar os olhos duas, três vezes. Carina está em Dubai, Ângela foi para Paris, André escalou o Everest e você ainda nem calçou meias.

Uma pessoa sem vícios abre a janela pela manhã e deita os olhos no horizonte preguiçoso. Tenta conter um longo suspiro. Impossível. Melhor se fixar nas tarefas do dia: banho, trânsito, escritório, quem sabe uma passada na academia. Trânsito, banho, despedida.

É muito perigoso viver sem vícios, viver entre um e outro suspiro prolongado, com a cabeça perfeitamente clara, desanuviada, com quilômetros e quilômetros de horizonte visível. Cabeça vazia, oficina do diabo, dizia a minha avó. Três mil diabos por dia, na cabeça de quem não tem vícios. É um perigo.

Preciso de um vício, pois. Nada muito pesado: cigarros? Um ou dois por dia, no máximo. Três, se flertar com a apatia. Um veneno antimonotonia. Então beber uma dose ou outra – no máximo três.

Há uma arte menosprezada nos homens que sabem domar um vício. Nas mulheres que tiram um cigarro da bolsa, ansiosas, trêmulas, e então, com o bastonete entre os dedos, a chama do isqueiro em direção ao rosto, relaxam. Ou o vício de um salto no escuro, o vício de um mergulho, o vício de um movimento. Só por favor nada televisivo, nada eletrônico-interativo, nada audiovisual, nenhuma tela. Um vício simples, offline, frugal. Três doses de chocolate ao dia já serviria.

Sim, sei dos prejuízos. Mas o homem com vícios – nada muito pesado, nada muito comprometedor – é mais saudável. É mais feliz. Enquanto eu, no fim do dia, deslizo o olhar pelos carros, pelas pessoas, pelos postes, árvores, nuvens, prédios (que perigo! que perigo!), ele, o homem com um vício, procura o último cigarro perdido na carteira.

E acende.

55. A vida é como a dengue

Os sintomas foram se acumulando rapidamente. No intervalo de dois ou três dias, estavam todos lá: cansaço extremo, moleza, fraqueza. Inapetência. Enxaqueca em grau até então desconhecido (pode respirar mais baixo, por favor?). Enjoos. Nas semanas anteriores, a dor na coluna havia me levado duas vezes ao PS Ortopédico. Primeiro foram os anti-inflamatórios, depois, os analgésicos, depois, as bolsas térmicas, depois, acupuntura, depois, RPG. Então, enfim, admitamos: só Deus.

Mas só quando surgiu a febre alta, repentina, instantânea, suspeitei realmente.

Corri ao médico da família. Quero dizer, o Google, porque na minha geração ninguém mais tem médico da família. Digito apenas uma palavra no buscador e o Google me sussurra o resto da frase, formula a dúvida que eu nem saberia elaborar. Escrevi "sintomas". O site sugeriu "sintomas da dengue", "sintomas de gravidez" e "sintomas de depressão". Batata. Era dengue.

Fui acometido por uma certeza fria de que era dengue. A dengue daria sentido a tudo: ao cansaço, à insatisfação, à moleza, à inapetência. À vida, nestes dias. Era dengue. Preparei as malas para ir ao hospital e decretar triunfalmente: estou com dengue. Meus amigos tiveram dengue. Colegas de trabalho tiveram dengue. Aliás, matei um mosquito de listras brancas dentro do meu carro esses dias. Tenho todos os sintomas do Google, digo, da dengue, portanto só resta saber de qual tipo e se vou sobreviver.

O médico contestou. Fez-me pagar um exame particular, já que os planos de saúde já não cobrem mais testes de dengue.

Paguei para ver.

Não era dengue. Fiquei desconcertado. O rosário que daria sentido aos meus sintomas – e a mais do que isso, aos meus dias – se desfazia.

Não era dengue, era a vida.

Aquela doença que andava me deprimindo, exaurindo, que na quinta-feira às sete horas da noite engolfou meu corpo na cama como um oceano de algodão, era a vida.

Era a vida, que também derruba. A vida, que não é transmitida por mosquitos, mas por mães, e da qual a gente só lembra assim, de vez em quando, quando um mosquito inocula um falso vírus, quando uma dor trava a coluna, quando alguém próximo morre.

A vida, que quando ignorada volta-se contra nós de mansinho, com lábios de Monalisa, enfraquecendo pernas e pés, costas e ombros, turvando a vista e ricocheteando furiosamente nas paredes do crânio até que nos apercebamos dela. A vida, cachorro que morde a mão, animal cordial porém imprevisível.

A vida de minhas retinas tão fatigadas. Acordar muito cedo, estender-se na rua até tarde, culpar-se pela pouca atenção à família, à mulher, ao cachorro, às crianças e aos velhos que morrem sem vida. Essa vida tão classe média. Essa vida, que é como a dengue.

56. A morte do pai

Colocar flores sobre o túmulo do pai é colocar flores sobre o próprio túmulo. Sob a terra descansam passado e futuro, à espera do imponderável. No fundo, ninguém sabe nada sobre tudo aquilo que importa. Ligo o rádio e falam em novos planetas e maravilhas, a televisão anuncia modos de vida inacessíveis, os sábios esmiúçam minúcias enquanto a ciência fatia, categoriza, classifica. Avançamos muito. Bilhões de janelas na internet se abrem para infinitas perspectivas – mas somos tão míopes quanto sempre fomos, no que importa. As lápides não têm wi-fi.

Curitiba foi não é mais. O verso, do vampiro Dalton Trevisan, é sussurrado nos bares pobres das cercanias do Cemitério Municipal, onde defuntos tomam suas cachaças enquanto alardeiam as glórias de antigamente. Não sei bem se isso é a verdade, mas alguma verdade há de conter. Tenho ido cada vez menos a Curitiba, onde o jazigo da família cresce silenciosamente.

Meu pai não concordaria com Dalton. Para ele não haveria como distinguir aquela Curitiba gloriosa de antigamente da Curitiba atual. Ele vivia numa espécie de Curitiba eterna, de Curitiba permanente, uma sempre Curitiba em glória preservada, como num aquário de vidro, imersa em garrafas de Brahma gelada. Por mais que a realidade o exigisse por todos os lados, duramente, ou talvez por isso mesmo, ele sempre escapou por entre os dedos das obrigações diárias para um mundo de importâncias incompreensíveis.

Carrego o seu nome. Recentemente um aluno, tamborilando o meu nome no Google, deparou-se com o dele e, sem saber de toda a história, espantou-se com a notícia improvável: eu havia morrido. Espalhou a notícia até que eu surgisse, fantasmagórico, na semana seguinte.

Eu, ao contrário de meu pai, meu homônimo e tantas vezes antônimo (outras, admito, sinônimo), jamais escapei das garras da rotina. Listava haveres e deveres e os cumpria, na medida do possível, esperando manter a máquina em movimento por tempo suficiente para criar algo bonito.

Criei uma filha.

Não vivi o antigamente, não vivi como Dalton, não vivi como velho Renato. Vivo o agora atabalhoadamente, com dor nas costas e pilhas de obrigações. Envelhecer é ser cobrado, cada vez mais cobrado, por mais e mais gente, até que ninguém diga mais nada.

Sigamos: fiz meus planos de compreender esses antigamentes. Escrever um dia um livro, ou quem sabe roteirizar um documentário com minha amiga japonesa, a mais curitibana das criaturas, falando da história da família, dos pianos, dos planos, das brigas, da opulência, das loucuras, da falência e da relação com a cidade.

Era um projeto muito pouco original de também me reaproximar do meu pai, que amava contar essas histórias todas e que de maior legado deixou pilhas de fotos, documentos, papéis de família. Para ele o antigamente era algo que se renovava todos os dias, embora fossem as mesmas histórias sempre. Ou eram outras e a gente não percebia?

Colocar flores sobre o túmulo do pai é colocar flores sobre o próprio túmulo, olhar para trás e lembrar de tudo o que não é mais e de tudo o que poderia.

O velho Renato vivia com o coração nessas histórias, nessas grandes histórias.

Ainda vive.

57. As lições da escola

O semestre letivo chega ao fim. Vem o inverno. Silenciosa e lentamente, milhares de professores apagam suas lousas. Onde se viam equações, datas, fórmulas, citações, já não se vê nada. Onde se viam pseudocertezas, apenas uma nuvem de giz e pó. A vida volta a ser uma tela em branco.

Agora, o que ficou daquilo tudo? De todas as fórmulas, de todas as frases feitas? Das datas de todas as guerras, das capitais de todos os países, o que fica? As coisas urgentes e urgentíssimas, importantes e importantíssimas, são a lenha do tempo, que depura todas as apostilas e livros e fórmulas e descobertas na sua fornalha infinita. Sobram suas cinzas – ou pérolas, ou nada.

O cachorro me observava estudar, ler, grifar, falar sozinho. Alguém disse que ler em voz alta era bom para a memorização. Os meus dias e os dias do cachorro tinham a mesma duração. Exceto que os meus o tempo oprimia: logo viria o vestibular.

Agora já faz anos que não vem vestibular, não vem prova final nem nada. Das classes de física hoje me sobraram explicações sobre calor, trocas de temperatura, parábolas e movimentos. Um professor de cabelo engraçado que me elogiava a dedicação relaxada.

Da química me restou quase nada. O alfabeto que se recombinava no quadro, a importância do Carbono. Estranhas fórmulas. Remédios. Venenos. Fumaça. Frases que eu decorava para lembrar de certos processos químicos. Bico de pato é gostoso frito.

Da matemática guardei as quatro operações básicas e a regra de três, que me socorria sempre. Alguma coisa sobre o caos, as probabilidades, a impossibilidade. A prova real. Uma sigla petulante: CQD, Conforme Queríamos Demonstrar, que de resto nunca consegui aplicar na vida. Nunca demonstrei nada, acho, assim tão cabalmente.

Da história restaram algumas poucas datas, algumas anedotas, curiosidades bélicas. No mais das vezes gostava de saber dos perdedores das grandes guerras. A história dos vencidos, que não estava nos livros, desenrolava-se à minha frente. Nos bancos da praça 29 de Março dormiam mendigos.

Esqueci tanto, esqueço tudo. Você não? Mesmo de literatura, que amava, lembro pouco. Não lembro de palavras, gestos, tramas, só de sensações. Um livro frio ou quente, borboletas no estômago, vertigens, espantos. Montes de surpresas, reviravoltas, enigmas. Nas melhores narrativas não havia CQD. Nada era demonstrável, senão nossa ignorância e nossa imperfeição. Nada se fechava em um quadrado perfeito.

Também a vida. As conspirações dos meninos, os flertes com as meninas, as ameaças veladas, as paixões disfarçadas, os conflitos. Nas aulas os professores aparentavam a certeza de tudo, todas as respostas desimportantes da vida eles davam. A capital do Sri Lanka, a biografia de Bhaskara. Na sala tínhamos que ter certeza de tudo. Fomos crescendo acostumados a isso. É preciso estar certo. Você está certo disso? Assinale a alternativa verdadeira. Não sei. Agora a falsa. Não sei. Aos poucos foi se disseminando por toda a parte essa cultura de certezas – e eu incerto. Isso é isso. Aquilo é aquilo. Uma pedra é uma pedra é uma pedra. Pra que serve uma pedra? Para apedrejar para amolar para sustentar para conter. E a pedra no rim? E a pedra de toque? E a pedra no meio do caminho, pra quê?

Quem gosta de ter certeza não gosta da vida, que bagunça tudo, que é toda torta e incerta.

Passei no vestibular, segui em frente. Aprendi a duras penas a esquecer certezas e a confiar nos sentidos. Fui reaprendendo a cada dia uma lição, vivendo, ouvindo, lendo.

A escola ensina muitas coisas. Ensina que tudo o que parece ensinar, passa. Física, química, gramática. Mas o que não parece ensinar, aquilo de que você não se dá conta, é o que fica: a delicadeza de um momento, a gentileza de um olhar, a palpitação de um toque, a riqueza do silêncio, o constrangimento da exposição, o fracasso, o sucesso, o medo, a vergonha. Vivermos juntos. Tudo o que não cabe na lousa, a escola ensina.

58. Um segundo a mais

Na virada de 30 de junho para 1º de julho de 2015, silenciosamente, centenas de astrônomos em todo o mundo ajustaram seus complicados aparatos científicos, seus preciosos relógios atômicos, para que o último minuto do último dia do mês tivesse 61 segundos de duração.

Sim, um excepcional minuto com 61 segundos.

A justificativa é que havia um descompasso entre o tempo da natureza e o tempo dos homens. A Terra gira de forma "lunática", ou seja, afetada pela gravidade da Lua e do Sol, por terremotos, maremotos e erupções – afetada pela vida, enfim. Por isso, não é de pontualidade, digamos, britânica.

Já o relógio atômico, instrumento paranoico, é tão preciso que nem em 300 milhões de anos atrasaria um único segundo. Seu funcionamento é dito "dramático": inflexível, absoluto, preso a um intrincado sistema de regras.

O choque entre uma Terra lunática e um relógio dramático deu nisso. De tempos em tempos, já que não é possível parar a Terra, param-se os relógios. Ainda que por um segundo. O objetivo é ajustar a precisão absoluta de nossa alta tecnologia à imprecisão concreta da vida, que não se curva nem mesmo ao tempo. É por isso que, sem ao menos entendermos direito por que, todos somos, de tempos em tempos, agraciados com um segundo a mais de vida.

Passei a semana pensando no que fazer com esse segundo extra, com a dádiva do tempo inesperado.

É bobagem, disse a mim mesmo. O que podemos fazer com um segundo de vida? Nada. Um segundo é uma gota d'água, um grão de areia, um sopro.

Mas uma gota d'água desperta uma semente, uma lufada traz o perfume da mulher amada, um grão de areia produz pérola. Quem despreza um único segundo despreza também um único olhar, um único sorriso, um único batimento cardíaco, um único instante que muda tudo.

Em um segundo cabe um mundo, uma explosão de vida. A decisão repentina, o impulso do beijo, a lâmina do adeus. Em um segundo cabe tudo o que importa: concepção, nascimento, paixão, morte. Sim e não cabem em um segundo. Te amo, não te amo, quero, não quero, vamos, ficamos. Chutar castelos de areia, catar uma conchinha, saltar no ar, afundar, tudo pode acontecer assim, tudo.

Nesse instante lunático, caótico como a vida, cabe o mundo.

Eu e você, o mistério. A primeira nota, o início da nossa canção, nosso primeiro segundo.

59. Pelo direito de odiar

No rádio, uma voz feminina, debochada, ridiculariza "os males do politicamente correto". É uma humorista, depois descubro. Está incomodada com as críticas ao seu trabalho, que ela própria imagina ser muito engraçado e "incorreto". Encarna a grande especialista no tema e se põe a opinar sobre ele.

OK, opinar, todo mundo pode. Pode até opinar sobre o que desconhece? Pode – só não espere que eu permaneça na sala. Na minha casa, não pode. Despótico? Temos pouco tempo, amigo, e tanto a fazer. Os 40 estão logo ali, os livros se acumulam na estante (e a louça, na pia). Opinião desinformada é um grande dreno de tempo. Tempo que, ao contrário da opinião desinformada, faz falta.

A humorista-comentarista logo passa da crítica ao politicamente correto, essa besta fera que destruiu o Brasil próspero dos anos 1960, 1980, 2000, 2019, para um abacaxi mais espinhoso. Quer falar sobre discurso de ódio. Aliás, na opinião dela, isso não existe. É uma fantasia. Não existe discurso de ódio, ou melhor, os pregadores do ódio não fazem mal a ninguém. Deixe-os ostentar seus preconceitos, pede. É liberdade de expressão.

Prossegue: "palavras não são ações, só ações podem ferir alguém", simplifica, triunfal. E todo argumento simplificador e totalizante, sabemos, é sucesso garantido. Então ela repete a mesma ladainha por três, quatro, cinco vezes, no intervalo de uma hora. Talvez esteja esperando que, de tanto repeti-la, torne-se verdade.

A comentarista insiste em sua tese com os argumentos mais simplórios, na linha do: dizer que X deveria morrer não é tão mau como dar um tiro em X. Óbvio. Claro que ela está certa. Mas claro que é, também, de uma desonestidade colossal. Melhor a ofensa verbal do que física, ok. Mas entre propagar o ódio e tirar a vida de alguém, não há nada?

Fico boquiaberto com a defesa apaixonada dessa gente que acha que o mundo se divide entre exame de corpo de delito e mimimi. Só isso. Se não está no laudo do IML, é frescura. Racismo, homofobia, machismo etc. só podem existir na materialidade de hematomas e cicatrizes. Se não, viram pura baboseira.

Os entrevistadores, ingênuos e preguiçosos, calam diante do horror. Fico duplamente espantado. Os entrevistados são fascistas fora do armário; os entrevistadores, cúmplices enrustidos.

A mulher milita pelo direito de odiar livremente. Não silenciosamente: livremente. Ruidosa, ofensiva e agressivamente, na praça pública, na internet, aos gritos – porque gritos, claro, não machucam ninguém. Os militantes do ódio chamam a boa educação de "censura politicamente correta" e só querem aplausos enquanto o circo (dos outros) pega fogo.

No fundo, ela está dizendo o seguinte: toda vez que alguém me repreende por dizer algo, está violando a minha liberdade. Diz isso com imenso regozijo, como se tivesse descoberto algo muito novo. Não sabe que muito papel já foi impresso para esta questão. Não sabe que sim, temos de ser intolerantes com os intolerantes se quisermos construir uma sociedade tolerante.

Eis o paradoxo da tolerância. Não é nada novo.

No fundo, acho que a humorista só estava irritada porque ninguém ria de suas piadas. Mas, depois de ouvi-la por mais de uma hora, acho que a culpa disso não é do politicamente correto. Talvez a questão toda seja muito mais simples. Talvez ela só precise melhorar as suas piadas, para ter graça. Não é nada demais, minha cara. Não é culpa do mundo ou do politicamente correto, senhora. Estamos apenas tentando nos tornar pessoas melhores.

60. Viagem ao centro do umbigo

Eu não sei quais são as profissões mais envaidecedoras que existem. Alguém deveria fazer uma lista disso. Quero dizer, as profissões que mais atraem, nutrem ou fabricam vaidade nas pessoas. Os ofícios típicos do ego.

Desconheço levantamento do tipo, mas, se pudesse dar uma contribuição ao valente investigador, citaria sem hesitar a docência, mas só a de nível universitário. Por alguma razão muito torta, achamos que o professor de crianças e adolescentes é menos importante e digno do que o professor dos jovens bacharéis. Nisso, estou com o mestre Rubem Alves: deveríamos enviar nossos melhores mestres para o ensino dos pequenos, e deixar que os menos bons – ou até os medíocres – fizessem a formação dos universitários, que já têm mais condição de entender até o que o professor não sabe explicar.

Também acrescentaria, à minha lista particular deególatras, os escritores (embora esses sofram cada vez mais, no hipermercado de indiferenças da internet), e, em menor monta, os jornalistas. Talvez pudesse ainda citar advogados e economistas. Médicos, certamente.

O que têm em comum todas essas profissões? Trabalho intelectual. São ofícios de cadeiras ergonômicas e ares-condicionados, de livros e artigos, leitura e interpretação, *insight* e oratória. Beneficiam-se de um certo paradigma perverso que diz que o que é da mente é superior àquilo que é do corpo. Que diz ser mais nobre pensar do que obrar. Que barateia a carne e o suor no mercado para inflacionar os custos de um comentário dito erudito.

Não lido muito bem com essas distorções gravitacionais, que põem o umbigo acima do coração. Não tenho paciência para egos inflados, vazios de realizações, nem para o gênio que despeja sobre o outro as suas leituras sempre particulares. Senhores: curem o câncer, ou, ao menos, escrevam uns bons livros. Façam alguma coisa a respeito de vossas genialidades – e, principalmente, deixem em paz a gente que não se interessa por elas. A gente simples, humana, que não tem muito tempo para grandezas fingidas ou fugidias.

A gente que quer viver, viver a vida possível, antes que tudo se acabe em vento de tempestade e pó.

61. Parecia que a internet ajudaria a reduzir o medo entre nós

As pessoas temem aquilo que elas não conhecem. Por isso, talvez, temos medo de mais e mais coisas – de ataques terroristas a impotência sexual, de clonagem de cartões de crédito a picadas de mosquitos transmissores da zika. Ouvimos falar de tudo sem conhecer nada. O latim da missa pela metade intimida. Parece bruxaria.

Na época em que me mudei para São Paulo, já há muitos anos, minha família me ligava constantemente de Curitiba para perguntar sobre a minha segurança. Se chovia, queriam saber se meu bairro inundara. Se havia crime no noticiário, queriam saber se eu sobrevivera.

Um dia, quando minha irmã veio me visitar, baixei o vidro do carro para me refrescar – embora fosse noite, janeiro era quente – e ela horrorizada me repreendeu: mas como você tem coragem de andar com os vidros abertos em São Paulo? De noite, ainda por cima.

Eu ri e expliquei que era normal. Aliás, que era perfeitamente seguro (bem, tão seguro quanto possível). Ela não acreditou muito, mas hoje, dez anos depois, está acostumada com a janela abaixada quando dirigimos pela capital. Acho que, entendendo melhor, perdeu o medo, ou ao menos aprendeu a restringi-lo às situações em que ele parecia mais apropriado.

Outro dia, uma menina demonstrou espanto quando descobriu que meu carro não era blindado. Pior: respondi que eu nunca havia nem entrado em um carro blindado. E mais: chocava-me existirem, em uma cidade, carros blindados.

Não sei se minhas considerações adiantaram de alguma coisa. Acho que não. Ela continuou com medo e eu continuei parecendo terrivelmente irresponsável (ou pobre). Mas tenho certeza de que, se ela andasse um par de dias comigo, no meu carro de lata ordinária, perderia o medo de guerra iminente que constantemente a sobressaltava.

No dia a dia de jornalista, de professor, de escritor, constantemente me deparo com ele, o medo. O medo de tudo e o medo de nada. Quando a internet e as redes sociais se popularizaram, parecia que o medo entraria em declínio em todo o mundo. Abriam-se afinal novas janelas para novos territórios. Agora que vemos a vida dos outros mais de perto, que ouvimos a voz dos outros, que quase medimos suas pulsações, não deveríamos mais sentir tanto medo.

Era a utopia do *tudo conhecer para nada mais temer*.

Que nada. As janelas escancaradas, de onde poderíamos aproveitar para curtir a vasta paisagem, trouxeram o medo de tempestades, bichos peçonhentos, invasões. Multiplicaram, em correntes de ódio e ignorância voluntária, o medo.

A gente tem medo do desconhecido, mas tem ainda mais medo do mal conhecido. Do mistificado, do deturpado, do quebra-cabeças incompleto que se estende diante de nós de modo enigmático, sem fácil solução. Para viver sem medo seria preciso voltar a humanizar os discursos, entender os homens por trás das telas, as mulheres além dos filtros e montagens. Assim, em estado de natureza, talvez o medo cessasse.

Para isso seria preciso não apenas conhecer, pois já conhecemos coisas demais. Seria necessário voltar a reconhecer o outro. Conviver com o vizinho logo ali, do outro lado da janela – do outro lado do nosso medo.

62. Sobre gente que gosta de almoçar sozinha

Aparentemente é um dos meus hábitos mais perturbadores. Colegas de trabalho às vezes me olham com pena; amigos tentam me convencer a repensar esse velho costume; namoradas analisam com desconfiança e horror, tentando alcançar a profundidade de minhas intenções.

A verdade é simples demais: eu gosto de almoçar sozinho. Aliás, gosto de fazer um monte de coisas sozinho.

Na sexta-feira passada, na mesa de canto do meu restaurante a quilo favorito, percebi-os novamente. Os olhares julgadores, oscilando entre a compaixão e o estranhamento. Primeiro, pensei que fosse algo no prato, na mesa, na roupa. Logo me dei conta de que eu era a única pessoa avulsa ali. Então era isso.

Não me importei. Estou calejado. Voltei os olhos ao livro e continuei lendo sossegadamente, entre uma garfada e outra. Sim, sei o que dizem: não leia durante as refeições porque o sangue vai do estômago para os olhos e isso prejudica a sua digestão. Pra mim, nunca fez o menor sentido. Meus olhos nem são tão grandes assim.

Sei também o que dizem os gurus: não leia durante as refeições porque sua consciência deve estar focada no presente, e o presente é alimentar-se. Quem se alimenta com consciência, alimenta-se melhor. Com isso concordo, mas, diante de um frugal filé de frango com arroz e salada, nem faço questão de ter a consciência extremamente presente na mastigação.

Diabos, não me importo que ela viaje para Pasárgada, quando São Paulo for um pouco chata.

Desde muito novo tenho o hábito de almoçar sozinho. Começou por pressão dos horários apertados entre faculdade e estágio. Logo os almoços se tornaram jantares; os jantares, bares. Então saí do território gastronômico e ousei no mundo da cultura: cinemas, teatros, shows. Tudo sozinho.

As pessoas se apiedam de um cara sozinho num bar ou num show, mas eu me apiedo das pessoas que vivem presas a multidões desinteressantes. A boa companhia é sempre bem-vinda, mas a maior parte das pessoas eventualmente se torna refém dos amigos e dos amores. Eu vou ao cinema com eles e vou também sem eles. Aliás, ir ao cinema sozinho se tornou meu programa favorito.

Quando entro na sala vazia, avanço para as poltronas do fundo, sem pressa. Ao início da projeção me agito, cheio de expectativas, feito criança. Então, suspiro. Por duas horas, ao menos, não penso em mais nada. Não preciso de mais nada. No escuro, em silêncio, sozinho, eu estou inteiro.

63. A gente sabe o que vai estudar, mas nunca sabe o que vai aprender

Nesta semana acordei com uns versos na cabeça. Não eram versos quaisquer: eram trechos de três poemas assombrosos – "Terra Desolada" e "A Canção de Amor de J.Alfred Prufrock", ambos do poeta inglês T.S. Eliot, e "Harlem", do norte-americano Langston Hughes. Em comum, o fato de eu ter conhecido e estudado todos eles durante a faculdade, há mais de uma década.

Estudei muitas coisas durante o curso de Jornalismo na Universidade Federal do Paraná. Como em todos os cursos do gênero, estudei Teoria da Comunicação, Fotografia, Sociologia, Antropologia, técnicas de redação etc. Mas até hoje nunca acordei pensando nas teorias da comunicação ou nas várias recomendações para a boa redação jornalística. Desperto pensando naqueles poemas.

A gente pode até saber o que vai estudar, mas nunca sabe o que vai aprender. O que eu aprendi, nos meus anos de faculdade, teve muito a ver com as indisciplinas artísticas. Disciplinas incontroláveis, feitas de leitura e discussão de grandes textos literários.

Essas matérias eram optativas. Não tinham muito a ver com técnica jornalística. Eu mesmo escolhi, movido pela própria curiosidade, passear pelos corredores do curso de Letras e entrar em territórios tão estranhos quanto

"Literatura Alemã" e "Poesia Anglo-Americana" – nesta, conduzido pela querida e talentosa Luci Collin.

Do ponto de vista racional, faria mais sentido me aprofundar nas matérias mais jornalísticas, mas às vezes parece que o corpo faz escolhas anteriores, e mais acertadas, do que a cabeça. Quando vi, meus pés já estavam às portas do departamento de Literatura, às portas das inúteis aulas de poesia.

A gente não sabe o que vai ficar, daquilo que passa por nós, daquilo que atravessamos. Quando retorno de viagem, logo esqueço dos roteiros previamente estudados, da lista de afazeres efetivados. Lembro melhor de onde me perdi, de onde sofri, de onde me espantei (da Itália já não tenho memória dos monumentos obrigatórios, mas lembro bem daquele senhor que tocava a música tema de "O Poderoso Chefão" no saxofone; lembro da primeira pizza na estação central de Roma; lembro do olhar cintilante da garota na Fontana di Trevi).

Isso tudo é, também, aprendizado. A minha escola ideal seria toda assim, uma ciência do acidente. Antes e depois da técnica, viria a vida. Trombar e atritar com os conteúdos da vida, ver a miséria e o luxo, trombar com gentes nas esquinas, comer uma pizza como se fosse a maior maravilha. No fim, puxar pela memória um velho poema. E, sem necessitar de outra explicação, simplesmente alegrar-se por ter vivido a poesia. E dançar ao som de um saxofone.

64. Onde estará a poesia?

Onde estará ela?
Há notícias de que deixou São Paulo para trás. Um amigo disse que a viu na França – mas isso foi no ano passado. Ou foi antes? Eu estive lá. Ela não estava mais. Por onde será que anda? Na avenida Paulista, nos cafés de Pinheiros, em uma cachoeira afastada, enfronhada em casa? Será que chora? Será que passa bem?

Passo por todos os cantos da cidade, buscando-a. Tenho pressa. Corro por obstáculos, movido por um fogo indomável. Como um animal, disparo em todas as direções, velozmente pelo bosque, sonhando encontrar uma fonte de água fresca onde possa me demorar. Onde o sol possa me secar.

Primeiro, corro. Depois, descanso (será que já não há nada a buscar? nenhum prêmio a conquistar?). Não tive tempo de dar as mãos a ela. Ou dei, desdei, redei, enredei, perdi. Perdi? Ainda não encontrei clareira à sombra da cachoeira onde me quedar. Estou correndo de lá para cá, perguntando: e agora, onde ela está?

Sigo um rastro irregular de fotografias, testemunhos. Às vezes capto seu cheiro – muito, muito próximo. Seu cheiro está nas minhas mãos! Escrevo um poema, palavreio o aroma. Mas a dona daquele pescoço, a dona dos lábios, dos anéis e sorrisos envergonhados, onde está?

— Se o senhor tivesse chegado há cinco minutos — o garçom comenta — talvez a tivesse encontrado.

Cinco minutos! Cinco minutos, apenas.

Então me pergunto: quando ela está? Em todos os lugares de que suspeito, ela já esteve. Só não agora. Só não *está*. Sua presença oceânica me toca em todas as fronteiras, em todos os meus instantes. Eu ainda estou úmido, mas ela não está mais lá. Corro e o vento me seca, enquanto procuro. Quando ela está? E onde?

Talvez ela seja uma dessas marinheiras com o mau hábito de se perder nos mares do passado, de empreender longas e inúteis viagens cruzando o oceano de ponta a ponta em busca do que foi e que já não será. Talvez ela tenha por hábito revisitar cada aspecto da memória e se culpar e se lamentar. Talvez esteja à deriva num navio entre o agora e o passado, sem saber onde atracar. Flutua.

Ou talvez seja apenas cautelosa. Tímida e muito cuidadosa.

Eu apresso o passo em todas as direções, espalho a juba e rumorejo no ar. Sei o que ela teme, mas o meu espírito de fogo não queima, assim como sua água não me pode apagar.

Onde ela está? Quando estará? Por um momento tocou meu braço e soube o que eu era: um lugar. Ancorou-se ali, esteve ali, no mesmo lugar e no mesmo momento que eu. Eu te ofereço, ela falou, a dádiva da minha presença. Respondi-lhe o mesmo: eu te ofereço... Mas quando abri o olho, a musa desmaterializou.

Envelheço. Esmoreço. Em um esforço final atiço as chamas, aumento a lenha, mas não posso correr por todas as partes, não posso navegar por todos os oceanos atrás dela – se forçar demais os remos, quem sabe iríamos os dois naufragar.

Parei. É importante saber parar. Hoje, com as mãos nuas ergo um farol solitário onde o fogo, protegido da tempestade, brilha e guia os náufragos para longe das escarpas e dos maremotos na escuridão.

Quando for a hora, sua presença oceânica saberá de mim. Nesse dia, ela virá sem que eu precise procurar. Sem que eu precise me preocupar. Estarei surdo e calmo, paciente e pleno, quando ela chegar de pés descalços, com seu poder de palavra e seu poder de silêncio. Envolta num manto de ternura, ela me tocará com suas mãos de chuva.

65. O que significa conhecer alguém?

A provocação vem de uma de minhas amigas mais antigas. Conhecemo-nos há 20 anos (ela insiste em fazer as contas e dizer que são 18, do que discordo). Já me viu às voltas com todo tipo de angústia e de euforia e, em ambos os casos, ofereceu chá para acalmar as palpitações. Leu os tantos papeizinhos em que eu rabisquei poemas e impressões sobre a vida. Escutou-me quando mudei para São Paulo, quando passei aperto, depois mais aperto, até que a carreira jornalística enfim decolasse: a senha para que eu, inquieto, mudasse de direção.

Tenho certeza de que se espantou quando muito jovem eu anunciei que estava grávido. Anos depois, quando disse que iria me divorciar, mais espanto. Conheceu minha filha ainda bebê, me contou detalhes de como ela mesma foi mãe de suas irmãs caçulas. Adotou-me como caçula também.

Em 20 anos me viu enamorado de uma escritora que não sonhava, de uma bailarina que não dançava e de uma dançarina que não bailava. Quando eu saía da casinha, me diagnosticava com presteza, sem precisar de mais do que um telefonema.

Tecemos confidências à distância; ela em Curitiba, eu em São Paulo.

Sempre fomos como dois estranhos, nós, e no estranhamento a nossa amizade esculpiu o tempo. Leu, por cartas, longos relatos dos melhores e dos piores anos de minha vida. Mais pragmática do que eu, terminava as nossas correspondências com a mesma singela advertência: "Não esqueça de dar água para a Canela" – a cachorra, que não tinha nada a ver com minhas angústias existenciais. Nunca esqueci. Canela passa bem.

Nas cartas, ela gostava de colar trechos de Fernando Pessoa, Hilda Hilst, Drummond. Achava sempre algo adequado para expressar o que a linguagem corriqueira não tocava. Descobri pela sua caligrafia incontáveis textos pelos quais, parecia, eu sempre fora apaixonado.

Hoje, quando eu conto da minha vida, sacudida pelo espanto, ela ouve pacientemente. Ouve e ouve, até que me interrompe quando lhe digo que "me conhece bem". Ela insiste que não: somos dois estranhos. Adoráveis estranhos.

Teimosa, insiste: o que significa conhecer alguém?

Minha amiga não sabe o que eu gosto de comer, o que eu gosto de ouvir, que horas acordo, que horas durmo, o conteúdo de minha geladeira, a estampa das camisetas, a cor dos sapatos; do salário, das multas, da validade do passaporte, da louça, da tinta, da cerveja, das tatuagens ela pouco sabe. Além disso, não temos muita convivência física. Em 20 anos passamos quantas horas na mesma mesa? Vinte, quarenta? Tão pouco.

Mas ela sabe de todas as minhas confidências: dos meus sonhos e arrependimentos. Dos pesadelos. Sabe tanto, ela mesma reconhece, quanto meu antigo terapeuta. Para ela, não significa nada. Ou será que eu diria, do analista, que "ele me conhece bem"?

É uma boa pergunta, e já não sei respondê-la. Suas perguntas são sempre muito boas, minha amiga. Mas não tenho dúvida de que me conhece bem, pela simples percepção que você tem do que se passa comigo, sem precisar de muita palavra. Pela sabedoria com que me desarma quando parto para o mundo cheio de tolices e expectativas.

Conhecer, então, talvez seja isto apenas: saber manter as antenas da empatia sintonizadas. Não é preciso conviver de corpo presente nem saber as cores das camisetas no armário nem sentar à mesa na hora do jantar. Conhecer não é uma conquista estática. É perceber. Conhecer é reconhecer, e você não precisa de mais de um minuto para me reconhecer.

Conhecer é sempre um conhecer agora, porque as pessoas podem mudar, podem se tornar irreconhecíveis. Quanta gente se tornou irreconhecível, na minha vida. Quanta gente conheci e desconheci! Quando isso acontece, ajustamos as antenas – ou nos afastamos – até que retorne a sintonia. Conhecer é um exercício permanente de empatia.

Agora, quando digo que você me conhece bem, você ri. E eu sei por que ri.

Eu também conheço você.

66. Corra e olhe o céu

Fui à praia, enfim. Há quanto tempo não pisava na areia! Meu maior medo sempre foi naufragar nos tédios da rotina, saltando de carro em carro, de porta em porta, de prédio em prédio. E, aos fins de semana, shopping center. Fugir é preciso, de tempos em tempos. Fugir para retornar à vida – perdemos o caminho da vida, quase sempre, na pressa de chegar a algum lugar.

Quando nos cercamos de concreto, sem perceber a alma acinzenta. A alma cimenta. Fui atrás da areia para raspar de mim o asfalto. Fui atrás do mar para lavar a fuligem das ruas. Fui à praia, enfim. Mas não era nem mar nem areia quem me sussurrava. Enquanto, ao cair da noite, as pessoas ainda brincavam nas ondas, admiravam o oceano, minha cabeça envergava para o alto. Eu queria ver o céu.

Era o céu, e não o mar, a peça que me faltava. Há quanto tempo eu não via um céu todo estrelado! Um céu atulhado de estrela, um céu grávido de luz e escuridão. Um céu que me devolvesse a perspectiva das coisas, que gritasse: é tudo pó, é tudo poeira. Eu e você também.

Penso na minha filha, será que tem visto o céu? Quantas vezes na vida, será, ela já viu um céu assim, um mar de estrelas refletido no mar? Penso nos céus mais bonitos da minha vida: o Monte Roraima, onde tudo é silêncio e ancestralidade, a minha Curitiba natal, a beira-mar da Penha, onde, adolescente, vagabundeava noite adentro.

O céu é a medida de todas as coisas e sem ele tudo perde a referência. A gente começa a se achar muito importante, no meio da cidade, no centro de nossos mundinhos particulares. É muito muito importante a reunião e o trânsito, o vestuário e a etiqueta, a aprovação alheia e o progresso na carreira. Tudo muito sério num mundo sem parâmetro.

O céu é a medida de todas as coisas. Da minha irrelevância. Da nossa brevidade. Quem não olha para o céu esquece que a vida é um sopro breve, um ajuntamento de poeira acidental num cantinho qualquer deste planeta. Transitório: à espera da próxima ventania. Esquece que é uma bobagem o que falam de nós, uma tolice a fama que buscamos, uma inutilidade, a glória.

O que importa é estar aqui, agora, entre estrelas. Olhar para o céu e perder a conta dos pontinhos de luz.

Fechar os olhos e ser também uma breve circunstância daquela luz.

67. Um dia os amantes irão se reencontrar

Um dia os amantes irão se reencontrar.
Andaram brigando. A vizinhança inteira notou. Primeiro uns gestos indelicados, sem muita paciência, ainda que involuntariamente. Depois umas palavras ríspidas; frases cheias de arestas, cantos e farpas. Então as mãos se afastaram durante os passeios, no elevador, na praça, e logo não se olhavam mais.

Depois da tempestade, silenciaram. Não se olhavam mais nos olhos, não se olhavam mais nos espelhos de casa. Escassearam os beijos, higienizaram o sexo. Trocavam mais afazeres que afagos, mais atribuições que aconchegos.

Quanta coisa os amantes poderiam dizer se olhassem um nos olhos do outro. Quanto gelo derreteria com aquele simples gesto já excluído da rotina.

O casal junto já vivia separado, cada qual montado sobre uma placa de gelo à deriva, no ártico. Abraçados a pinguins e ursos polares, buscando um calor, um carinho, sedentos de qualquer acolhimento, tristes e cansados. Mas também orgulhosos e confusos: separados.

O amor ainda estava lá. Ele mesmo, tolo e otimista, igualzinho ao que sempre fora, ele ainda era. Em um labirinto de expectativas, decepções, mágoas, o coração tropicava. Baixinho.

O coração sabia (só o coração sabia): um dia os amantes irão se reencontrar. Seguirão de longe o cheiro um do outro, a sede um do outro, o sorriso um do outro. Um dia os amantes irão se reencontrar e já não terão expectativa, decepção ou mágoa.

Quando o coração descongelar e voltar a bater, e voltar a cantar, eles vão se reencontrar. Nem um dia terá se passado, nenhum passado estará presente, nenhum presente será maior do que aquele instante. Um dia os amantes irão se reencontrar.

Então eles vão se dar as mãos como desde há muito não davam e apontar estrelas e edificar novos abrigos. Eles irão confiar, depois de tudo passado, que o que está passado não tem mais importância. Eles estarão aqui e agora e só. Prontos para amar e para reamar, para aprender e para reaprender e proteger e cultivar.

Um dia, num dia qualquer, sem muito esperar, os amantes irão se reencontrar. E o amor estará lá.

68. Não se leve tão a sério

Às vezes, inadvertidamente e sem aviso, derivo. Tem acontecido cada vez mais. Enquanto o corpo presente assiste à missa das reuniões, discussões, deliberações e julgamentos, o coração sai à francesa, como uma criança que se entedia na festa de família.

Tudo bem, entediar-se é natural. Ao contrário do que sempre ouvi, que o tédio é veneno, que a cabeça vazia é a oficina do Diabo, eu aprecio algum enfado. Tive de aprender a apreciá-lo, já que sua visita era inevitável. Hoje, somos amigos.

O tédio me dá as mãos no meio do dia e me leva para passear. Juntos, rimos de tudo – e, à medida que brincamos, ele se transforma em uma aguda consciência da vida. O tédio não é o oposto da diversão, pelo contrário, é irmão. É a força que nos expele de mais uma reunião sem propósito nem sentido, de mais uma tarde diante da TV.

Às vezes sua voz me sussurra o ridículo dos pescoços engravatados, dos rostos compenetrados, e pergunta: por quê? Pra que tanta seriedade nesses prazos, nessas metas, nesses lucros desnecessários? Será que não sabem que logo estarão todos mortos, que a vida é um sopro?

A mente, até então nublada pela lógica utilitária, tenta lutar de volta. Diz que isso é importante para o crescimento, para o faturamento, para o prestígio. Aos poucos, contudo, capitula. É difícil argumentar contra uma criança que apenas gargalha. É como gritar "não ria, isto é sério", diante da euforia de uma criança que vê o cocô de passarinho recém-caído em nós. Enquanto a gente fica desconcertado, ela ri. Enquanto tentamos discutir, ela ri. Enquanto sentimos vergonha, ela ri.

Pois vamos rir. Frequentemente fico impressionado com o tanto que as pessoas levam tudo muito a sério, como se a vida fosse uma estrada em direção a alguma coisa que só pudesse ser atingida com muito comprometimento-dedicação-zelo-sacrifício-suor-lágrimas e sobretudo muita seriedade. Nem tão tarde, descobri que é melhor dedicar todo esse esforço a não se esforçar muito, a viver mais levemente, a rir do cocô do passarinho.

A vida não é séria. A vida não leva a lugar nenhum – senão à morte. A morte do terno, a morte do passarinho, a morte sua, minha e do menino. Apenas relaxe e curta a passagem.

69. Para onde vai
o nosso deslumbramento?

A criança aponta a borboleta:

– Mãe, olha a coisa, olha!

Imediatamente explode em um maravilhamento bonito. Rodopia e bate os braços como se fossem asas. Por um segundo, é ela a própria coisa, e, como a coisa, sai voando por aí.

Mas eu tenho os pés enraizados no chão. Sei que a coisa se chama borboleta. Sei que é um inseto da ordem Lepidóptera. Sei a diferença entre mariposa e borboleta. Na vida, vi vários tipos de borboletas, de vários tamanhos e cores. Já passei por alguns museus com grandes quadros de vidro repletos de borboletas espetadas por alfinetes. Achava mórbido, embora pedagógico.

O conhecimento pode ser uma coisa meio mórbida, uma borboleta espetada em um feltro vermelho. Se me aparecesse por entre as árvores, sorrateiro e balbuciante, o deus das borboletas, eu diria "eu sei quem você é: um inseto da ordem Lepidóptera".

O conhecimento é uma coisa maravilhosa. Como professor, tive uma vida inteira de instrução. Estudei não as borboletas, mas a poesia anglo-americana, a prosa do jornalismo, os mistérios da inflação. Fui enchendo as estantes de livros. Como se fossem borboletas, afixei sobre eles alfinetes coloridos: literatura, cinema, linguística, filosofia, economia. Hoje, quando ocorre o inesperado – digamos, o deslumbramento do menino – logo classifico, enumero e defino o acontecimento. Humanos e Lepidópteras.

E mesmo assim, tão instruído, eu choro quando vejo o menino. Invejo o menino. No fundo queria saber menos, ter menos diplomas, menos pretensões.

Dentro de mim, dou as mãos ao menino. O conhecimento é uma coisa maravilhosa, mas não é nenhuma borboleta.

70. A beleza importa

Não esqueça: a beleza importa. Beleza é importante, refrescante, subversiva. Fundamental à vida. Um certo discurso de uma certa gente aborrecida tenta apagar isso em nome da igualdade e do respeito, mas não esqueça. A beleza importa.

Não se trata de uma crítica aos feios, mas à feiura. Não de um surto de censura, mas de sensibilidade. A beleza importa.

Passei alguns anos em conflito com essa verdade fundamental. Diante dos horrores da vida urbana, contemporânea, diante das favelas, misérias e latrocínios, como falar de beleza? Como querer uma flor no mangue das injustiças?

Atravessei esses pensamentos todos muito sérios, muito seriamente. Sisudo, envelheci. Não porque o tempo passasse de modo especialmente cruel, para mim. Mas porque a vida sem beleza é opaca e sem graça. Envelheci como envelhecem os peixes no aquário, sem ter o que ver, até que os olhos se apaguem.

Perder a beleza de vista é incrivelmente fácil: é mais cômodo não vê-la do que vê-la. Isso porque a beleza, além de estabelecer um padrão incômodo, cobra uma contrapartida. Além de nos denunciar tudo o que é feio, dentro de nós mesmos e à nossa volta, ela exige algo da gente. Exige tempo para admirá-la, demanda treinamento para apreciá-la plenamente, pois nem todas as belezas são óbvias.

E cobra imensa disponibilidade de cabeça e coração, uma abertura ao novo, um desprendimento difícil de praticar.

Por isso a gente tenta se afastar da beleza, até sem perceber. Lentamente, contudo, e sem aviso, o canto chega aos nossos ouvidos. Se você é um tantinho criativo, um tantinho artista, sabe do que estou falando. As musas, mesmo contrariadas, estendem a mão, de tempos em tempos, para os que precisam de ajuda para reencontrá-las.

Fui (re)percebendo a beleza das nuvens vestidas de noiva, prontas para desposar o poeta. A beleza de uma pintura que, no meio do sofrimento, acena com tênue esperança. A beleza das pessoas, dos seus tipos, a beleza do mar e do céu.

Lá onde eu estava ela também estava, fresca e surpreendente, à minha espera. Caprichosa, me dizia para não me distrair tanto assim – senão quem sabe não me sorrisse nunca mais.

Não quero viver em um mundo sem beleza, sem graça.

Vou colher as flores do caminho.

Mas não todas. A beleza não está em tudo. Não está nos olhos de quem vê. Não está abundante e democraticamente distribuída. Como a natureza, não é justa nem injusta, apenas existe ou inexiste.

Tanta feiura, tanta fuligem, obscurecem os sentidos até que nos tornemos apáticos, meros sobreviventes. Não deixe. Cante, dance, brinque o suceder das estações; viva, viva, viva e celebre a beleza mais rara que puder achar: ela importa.

71. Casal sem senhas

"Minha vida é um livro aberto", diziam antigamente os inocentes e os cafajestes, defendendo-se das acusações de adultério ou coisa pior. Hoje, talvez, dissessem: minha vida é um perfil aberto.

É nesse espírito que se multiplicam os casais que trocam senhas de celular, banco, redes sociais. É um passo importante na relação, talvez mais que o próprio casamento. Não imagino, contudo, como se dê a negociação. Será espontânea ou planejada, de livre vontade ou forçada? Em que momento ele ou ela viram para o companheiro e declaram que, dali em diante, só com as senhas na mesa?

Talvez haja um guia de etiqueta para tanto – os aeroportos estão cheios de livrarias anunciando soluções para tudo. A partir do quinquagésimo terceiro dia, ou da trigésima transa, pode-se exigir a senha do outro. Talvez alguém diga, num rompante: "Ou a sua privacidade ou eu".

Ou será que a manobra vem travestida de romantismo? No aniversário de um ano de namoro, o rapaz escreve caprichosamente a sequência mágica de letras, números e caracteres-especiais num pedacinho de papel e cuidadosamente a embala em caixinha adornada por corações vermelhos. Durante o jantar, estende o embrulho. "Aqui, amor, pra você". Ela enrubesce, emocionada, e retribui a gentileza. "O T é maiúsculo, tá?". É amor verdadeiro.

Goela acima ou goela abaixo, seja como for, a troca alimenta a velha ilusão de controle. De senha na mão, a moça, o rapaz, dizem se sentir mais seguros. Com certeza agora serão pombinhos para sempre. Pior: nos jantares de turma, anunciarão, triunfais: "Nós sabemos as senhas um do outro". Todas elas: bancárias, administrativas, sociais. "Somos um só." Mas não é meio chato?, perguntarão. A resposta estará na ponta da língua.

— Minha vida é um livro aberto.

Os convivas irão sorrir, constrangidos.

Penso no que encontraria se tomasse nas mãos as senhas daquele casal e acessasse as suas redes sociais. Todas as conversas sobre futebol e churrasco, todas as discussões sobre o trabalho, os filhos e as folgas da diarista. Todo o aborrecimento de uma absoluta falta de assunto.

Desisti, previamente entediado.

Quem não tem nada a esconder não tem também nada a mostrar.

72. Um dia apenas

O mundo anda muito previsível. Ou sou eu? Ou é você? Reparou?

Os jornais dão a mesma notícia todos os dias. Mudam os nomes, mudam as locações, mas o enredo se repete.

Segue. Os caminhos são sempre os mesmos: casa, escola, trabalho. Desvio da avenida Rebouças por conta das obras do metrô. Cuido com o buraco na pista. No semáforo mais demorado aproveito para encontrar a faixa 13 no pen drive. Canto alto, rio alto, suspiro alto. Uns caras desde as seis da manhã correm na Paulista, e os motoristas olham para aquilo entre o espanto e a inveja. Um morador de rua pede ração para o cachorro, um casal se despede sem mesuras de paixão, uma ambulância corta o tráfego, o jornaleiro se estica para abrir a banca, os garis solitários e invisíveis empurraram a sujeira lentamente pelo meio-fio, equilibrando-se entre rua e calçada, de modo tão monótono e sincronizado que se fundem à própria paisagem.

A certa altura, tudo é paisagem. Até eu sou paisagem. Até você.

Na chegada ao trabalho o estacionamento já está quase lotado. O manobrista sorri sem jeito e fala de futebol. Metade dos elevadores está parada, a fila da cantina é grande, os passantes cumprimentam sem dar atenção, o ascensorista pergunta o andar mesmo sabendo onde cada criatura irá descer. As conversas, as risadas, os cochichos muito top falarão da festa muito top o fim de semana muito top a ressaca cara a mina putz não acredito então isso aquilo conversa fiada: os discursos sobre o tempo, sobre o campeonato, sobre o país afundado. Clichês.

Quando der a hora marcada, tomaremos o mesmo caminho de volta para casa, cruzaremos os mesmos mendigos, os mesmos carros, a mesma ambulância apressada.

No rádio, o jornalista comentará as notícias de hoje – ou de ontem ou de anteontem ou de amanhã. Quem saberia dizer? Chegaremos cansados, tomaremos banho, comeremos, dormiremos.

Às vezes, sonhar. Nos sonhos, reviver o dia. A impressão difusa de que em algum ponto do dia, não sabemos dizer se no início da manhã ou se no fim da noite, se no espaço de um ou de dois passos na calçada, talvez tenhamos trombado com uma ave rara. Que permanecerá rara, porque ninguém a tocará. Uma ave deslocada e rara que, se não valesse a vida, ao menos o dia valeria. Faria valer o dia.

E quem precisa de mais do que um dia?

73. Inconsequente, responsável

Ainda menino, minha mãe me levou para um campeonato de xadrez na Biblioteca Pública do Paraná. Eu, talvez pelos óculos, talvez pelo silêncio e pela companhia constante dos livros, parecia um candidato perfeito a uma virtuose enxadrista. Sentei diante de um menino igualmente virgem, igualmente míope, em uma ampla sala com três dezenas de meninos e meninas míopes e acneicos. Ele moveu uma peça. Movi outra. Moveu a sua. Tomei um xeque-mate. Dois movimentos. Em dois movimentos, menos de dois minutos, o jogo estava encerrado.

Foi tão rápido que não nos atentamos para o fato de que o campeonato nem havia começado. O árbitro passou na mesa, olhou as peças desarrumadas e riu. "O torneio não começou. Recoloquem as peças e podem começar agora."

Recomeçamos e tomei nova surra. Talvez não em dois movimentos, mas em não mais de sete capitulei. Aprendi duas coisas: 1) o menino era muito bom (havia gente muito boa e muito melhor do que eu no mundo); 2) eu era um inconsequente.

Percebi rapidamente, muito novo na vida, que eu não era talentoso na arte de traçar cenários e projetar mundos possíveis. Eu fazia o meu melhor e torcia para ser o suficiente. Era um menino responsável, sempre o fui, no sentido de assumir responsabilidades. Mas era um inconsequente, pois não sabia medir consequências, não sabia pensar dois passos à frente.

Os amigos até hoje me pedem conselhos sem saber como sou inconsequente. Arriscam-se. Não entendem como é diferente ser responsável, responsabilizar-se pelas próprias catástrofes, e ser estratégico, capaz de ganhar um jogo de xadrez em poucos minutos.

Na vida, não posso dizer que fiz o que queria nem que faço o que quero, mas faço aquilo que acho que é melhor para o momento e torço para que tudo dê certo, sem muitos cálculos. No futuro, não existo. Não consigo concebê-lo. Há 20 anos eu jamais diria que me tornaria o que me tornei. Sou fruto de acasos, como aliás todos somos. Mas sou especialmente consciente disso, o tempo inteiro. Nunca vi sentido em calcular probabilidades.

De certa forma é bom: não desisto de nada por cálculo racional, só o faço por vento na barriga, por puro pavor. Tudo bem. As consequências de desistir podem ser piores do que as de fracassar. Em geral, são. As duras consequências de não fazer nada.

74. Os ressentidos

Houvesse um Victor Hugo entre nós, um Hugo *millennial*, Vitinho da Geração X, Y ou Z, sua obra-prima não seria "Os Miseráveis". Como poderia ser? Os miseráveis existem, é claro, e duzentos anos depois seguem nas ruas, sofrendo de fome, de injustiça e de esquecimento. Mas os miseráveis não são mais o retrato perfeito do nosso tempo.

A obra-prima do século 21 se chamaria, talvez, "Os Ressentidos".

Não seria necessária grande pesquisa antropológica para escrever a história dos ressentidos. Não seria preciso nem mesmo sair de casa. Os ressentidos vêm até nós, hoje em dia, pelas redes sociais, por mensagens de celular, por aplicativos de fofoca. Se não vêm em palavra, vêm na vibração típica dos ressentidos: uma onda de negatividade esverdeada que desidrata o humor.

O ressentido é um profundo insatisfeito com a própria vida, mas incapaz de mudá-la. Não sente a mesma insatisfação de todos nós, que gostaríamos de ser mais e melhores. Sente raiva do mundo (injusto) e de si próprio (infeliz). Raiva cega e paralisante que logo evolui para um desprezo por si, cuja sombra se projeta sobre o mundo inteiro, em um eclipse permanente da luz solar.

O ressentido diz ser o único lúcido da sala, um realista, mas na verdade odeia a própria vida e sobretudo a covardia que o incapacita a mudar. Como a ojeriza não cabe em si, ele a derrama sobre tudo. Despreza a felicidade dos outros, cospe no sucesso, mancha a beleza, zomba da juventude. Despreza até mesmo a saúde, a família e os amigos: tudo o que é banhado por alguma luz. Quem não pode criar beleza, quer destrui-la. Quem não pode amar, odeia. Quem não tem sucesso, torce pelo fracasso.

As redes sociais são cheias de ressentidos. O ressentimento nunca esteve tão em moda. É facilmente confundido com o sarcasmo, com a ironia fina e inteligente, e frequentemente recebe aplausos – o que provoca ainda mais ressentimento. Ser ressentido é *cool*.

Pior: os que se ofendem da felicidade alheia apoiam uns aos outros. Andam em bandos, entendem-se entre si. Um comentário ressentido tem público garantido. O elogio sincero, quase nunca. É bacana ser babaca.

Qual o remédio? Um tango argentino? A poesia? O tempo? Jean Valjean, o miserável descrito por Victor Hugo, no fim da vida vence o rancor contra todas as injustiças sofridas. Perdoa e é perdoado. O mesmo talvez se dê com o ressentido, que quando jovem gosta muito de odiar, mas, no fim da vida, há de prestar mais atenção a si próprio, importar-se menos com as miudezas e, enfim, cuidar da própria vida. Assim o ressentimento há de acabar.

Com sorte teremos, em algumas décadas, uma grande geração de velhos que pela primeira vez conhecerão uma vida sem ressentimentos.

Mas, até lá, sua vida terá passado.

75. Relacionamento é a coisa mais simples do mundo

Relacionamentos não são complicados. São, na verdade, a coisa mais simples que existe.

Funciona assim: um homem adulto de livre e espontânea vontade estabelece um vínculo com uma mulher adulta de livre e espontânea vontade (a combinação de gênero e número pode ser mudada conforme se deseje). Ele fica com ela porque gosta da maneira como se sente ao lado dela; ela fica com ele pela mesma razão. Pode ser que goste dele ou pode ser que goste de si própria quando está com ele, pouco importa. O importante é que esse vínculo, ele-ela, aumente a potência de ambos, ou seja, a vontade de viver, a energia, a disposição. O tesão.

Relacionamento é uma coisa muito simples. O homem segue sendo o homem, com suas idiossincrasias, manias e defeitos, e a mulher segue sendo mulher, do jeitinho que sempre foi: imperfeita. Ambos estão juntos porque querem, enquanto querem. Ambos têm total liberdade para desfazer esse vínculo quando quiserem, ou então de proporem, a qualquer tempo, uma mudança de contrato: amizade? margarina? separação? sociedade? poliamor?

O outro, nesse momento, aceita ou não. Não é "relacionamento líquido", "desapego pós-moderno". É só civilidade. Relacionamentos civilizados são muito simples.

Claro que o vínculo pressupõe entendimentos. Para alguns casais, fidelidade importa (defina fidelidade). Para outros, não. Alguns casais querem filhos; outros, não. Alguns pedem mais privacidade; outros, menos. Alguns estão nessa pela grana, alguns pela beleza, alguns pela fama. O importante é o acordo em comum, o encontro de expectativas e interesses. Mudaram? Desencontraram? É hora de rever o acordo.

Relacionamentos são muito simples. Só as pessoas que não.

As pessoas são muito complicadas, e é aí que todos os relacionamentos azedam. As pessoas são complicadas porque dizem aceitar o que não aceitam e dizem querer o que não querem (até porque não sabem o que querem). As pessoas mudam de ideia constantemente. Mudam de vontade. Alimentam expectativas em segredo. Cansam, enjoam, entediam.

Pior: alguns têm incapacidade crônica de se posicionarem e de defenderem aquilo em que acreditam. É a turma do "tudo bem". Outros, ao contrário, são incapazes de contemporizar, de buscar um meio termo. É a turma do "meu jeito é o único jeito."

As pessoas são muito complicadas. Não apenas as mulheres, como se diz, mas todas as pessoas. Eu, por exemplo, sou muito complicado. Uma metamorfose ambulante. Tenho claríssima na minha cabeça a cartilha dos relacionamentos simples, mas acabo complicando tudo, porque sou muito complicado.

As pessoas são difíceis porque nada as satisfaz, no plano da realidade. Só na imaginação a vida poderia ser perfeita. Por isso os relacionamentos perfeitos estão ou no reino da imaginação – na arte, nos mitos, na publicidade – ou então não envolvem dois seres humanos de carne e osso. Relacionamento perfeito pode ter uma garota e seu gato, um cara e seu cachorro, dois hamsters. Entre humanos, não dá. Mãe e filha vivem discutindo. Irmãos brigam. Amantes querem se matar. Somos um bicho complicado.

Nós apenas, nós. Relacionamentos são a coisa mais simples do mundo.

76. Você é uma pessoa interessante?

Alguém certa vez disse, eu acho que foi Hemingway, que os escritores, para serem interessantes, precisam levar vidas interessantes. Ou, trocando em miúdos: para poder contar uma boa história, você precisa ter vivenciado boas histórias.

Há outra "máxima literária" que recomenda: escreva sobre aquilo que você conhece. Provavelmente é por isso que a maioria dos romances brasileiros têm como protagonista um professor homem branco de meia idade. A maioria dos escritores brasileiros mais conhecidos se encaixa nessa categoria. Logo, escrevem sobre o que conhecem.

Talvez seja por efeito do casamento dessas duas perspectivas que eu ache meio tediosa boa parte da literatura contemporânea que vislumbro, lá e cá, em sites, orelhas de livros e revistas do circuito cult. Pessoas com vidas desinteressantes escrevendo sobre elas mesmas, em toda a sua desinteressância.

É claro que essa tese tem seus furos, e não vamos demorar a encontrar exemplos de burocratas com verve. Gente que passa a metade do dia no escritório e a outra metade em Pasárgada. Gente com uma vida interior riquíssima, capaz de criar, nos labirintos da mente, mundos fantásticos. São exceções, contudo. Em geral, gente aborrecida escreve sobre seus aborrecimentos de forma aborrecida. O quadrado da imaginação fica muito apertado para voar.

Não estou me excluindo dessa turma nem me eximindo das minhas culpas. Volta e meia o fantasma da desinteressância me assombra. Será que a maneira como vivo é suficiente para causar um mínimo de comoção? Frequentemente, a resposta é não. Então é preciso um ajuste de percurso.

Movido por essa ideia troquei Curitiba por São Paulo, nos idos dos anos 2000. Como escritor aspirante, achava que a maior cidade do país me ofereceria mais oportunidades de vida intensa e fascinante do que a gélida capital paranaense. Estava meio certo.

Estava meio errado também, pois, depois de uma década em São Paulo, descobri que a cidade grande tem seus paradoxos. Oferece mais oportunidades, mais gentes, mais lugares, mais tudo. No entanto, o custo de vida, as distâncias, as ganâncias, conspiram para um adiamento permanente do gozo do novo.

Você sabe que a emoção existe, que está ao alcance de pés e mãos, mas em geral apenas olha, suspiroso, para o horizonte de possibilidades. São muitas horas no trânsito, muito trabalho que se acumula, muitos colegas a quem é preciso dar uma atenção protocolar. Logo, percebe-se enredado na rotina: trabalho, casa, trabalho. Shopping para espairecer. Rebobine. Trabalho, casa, cinema. Restaurante para espairecer. Reuniões. Rebobine.

Talvez na cidade pequena, muito ao contrário do que me parecia, as possibilidades de aventura, digo, as possibilidades concretizáveis e concretizadas, sejam afinal maiores. Pegar a estrada no meio da madrugada, roubar fruta do vizinho, plantar a própria comida, criar animais, de vez em quando viajar para a capital e aproveitar intensamente tudo aquilo que os locais só conhecem pelos guias de jornal. Viver mais por conta própria e menos por conta de um relógio, uma cifra, uma etiqueta que vem de fora.

As pessoas interessantes estão raras. Diante das telas, com cãibras nos dedos e com os olhos secos, riem sozinhas por horas e horas e horas. Observo, um tanto entediado. Qual foi a última vez em que eu fiz algo interessante? E você? Qual foi a última vez em que você fez algo pela primeira vez?

77. Visita às sombras

Sendo a Páscoa a ressurreição, desço ao porão para visitar os esqueletos do armário. Não há melhor época. Limpo a casa cuidadosamente, arrasto o sofá, tiro os livros da estante um a um, lustro a prataria e deixo os vidros invisíveis. É hora de descer ao porão.

Aquilo que não ressuscita, fermenta. Apodrece lentamente, junta todo tipo de bicho e, no fim, espalha estranhas doenças pelo ar. Soube de gente que, tendo trancado tudo o que julgava morto no porão do porão do porão de casa, em um belo dia, sem aviso prévio, muitos anos depois do crime perfeito, veio a padecer de moléstias terríveis.

Toma tempo para que um cadáver decomponha, atraia os vetores que incubarão vírus e bactérias, mas é um processo certo como a noite: abandonados, os mortos assombram os vivos.

É Páscoa, é tempo dos vivos e de viver. Preparo antes toda a casa, acendo velas e incensos, desço as escadas empoeiradas a cantar. Passo o espanador no corrimão, lustro os degraus de madeira. Chego à porta pesada. Ela pergunta: trouxeste a chave? Está sempre comigo. Puxo a correntinha que vai até o coração e dela retiro a minúscula chave dourada. Entro.

As coisas já não estão tão más, aqui embaixo. Tenho descido com mais e mais frequência. Todos os corpos abandonados apodrecem, mas os corpos com quem dançamos de tempos em tempos mantêm um estranho e fascinante viço. Eu vejo o corpo da agressividade e seus dentes, o corpo do egoísmo e sua paranoia, o corpo da luxúria e seu sarcasmo. Minha intolerância exercita os músculos de pedra, o ciúme mira o espelho, a preguiça debocha da cama.

Abraço-os um a um. As coisas não estão mais tão más. Tenho tentado descer todas as semanas para a cerimônia de ressurreição – para a nossa Páscoa particular. No começo eu tinha muito, muito medo de ficar preso no porão, confinado com toda aquela sombra estranha e desagradável. Medo dos marginais, dos riscos à sociedade, dos riscos à minha integridade.

Depois de uma ou duas vezes lá, contudo, quando precisei descer para trocar um ou outro fusível, quando fui obrigado a ver de onde subia o cheiro esquisito, aprendi que não havia risco em ir e abrir as janelas, bater papo, tomar um café. Quem sabe, uma cerveja. Quem sabe, dançar.

Com o tempo, o aspecto delas melhorou – e o meu. Melhoraram pele, cabelo, sorrisos. Melhorou a coragem, sobretudo, e a paz se espalhou pela casa feito o perfume de um incenso.

Desci no domingo, levando chocolates.

Fizemos uma Páscoa particular.

78. O que acontece quando um sonho se torna inevitável?

Há algo fascinante em um homem, em uma mulher, com um sonho. Alguém que se move com os olhos fixos no horizonte, naquele minúsculo ponto do horizonte que ninguém mais vê – só o sonhador.

Há algo fascinante no modo como os sonhadores se movem, algo muito pesado e ao mesmo tempo muito gracioso – um elefante bailarino. Algo distraído, um jeito de ir andando e colidindo com outras pessoas, com pedras e paredes, suavemente. De ir se ferindo no caminho, de sangrar, de doer, sem alarde. De seguir com os olhos fixos naquele pontinho.

Simplesmente seguir, como se não houvesse outro caminho.

Mas nada sob o sol é imutável, e, se com o passar dos anos não se transforma o sonho, transforma-se o sonhador. Nada no mundo é para sempre.

As mudanças são sutis. Acontecem sem quase ninguém perceber. Ela acorda um dia, como noutro dia, com uma leve ressaca, abre devagar os olhos pesados e força a visão contra o céu da primavera. Acordou angustiada, como se multidões solitárias se multiplicassem no peito vazio. Parece que perdeu alguma coisa. Foi seu sonho?

Ela parece sofrer o tempo inteiro por antecipação: sabe que o ponto no horizonte é só um grão de poeira, uma faísca diminuta e algo espectral que lhe escapa de tempos em tempos. Quando a vida acelera, e sempre acelera, não importa para onde, ela se desespera. Às vezes as coisas correm tão rapidamente que o seu sonho fica para trás. Quando passa a embriaguez, desespera-se. Onde está o seu sonho? Onde está a sua cabeça?

Mas ufa: o velho sonho reaparece no mesmo lugar de sempre. Respira aliviada antes de ceder à ansiedade sem fim: e se lhe escapar mais uma vez? E se, desta vez, for para sempre?

Como uma senhora de poucos amigos, enche a casa de telas e trancas depois de o gato fugir uma única vez para o quintal.

O sonho reaparece e escapa outra vez e mil vezes mais. É a vida. O horizonte gira, os dias passam, as pessoas esbarram e desviam a menina do seu caminho original. Deixam marcas invisíveis (talvez gigantes) no seu corpo diminuto. Às vezes ela se distrai com um cara por várias noites seguidas. De manhã, atormentada, corre para a janela e procura o horizonte. Seu coração está a mil. Será que pôs tudo a perder?

Não. O sonho está lá. Estará mais perto? Será ele mesmo?

Enfim a vejo sorrir. O sonho está lá e não vai a lugar algum. Seu grão de sonho solidificou em estátua. O doce sonho de menina, a nuvem de algodão e suspiro, é agora mármore e pedra. São sete toneladas robustas fincadas sobre a terra. Domina metade do horizonte. Nunca mais ela perderá o sonho de vista.

A menina sorri e descobre que não é mais menina. Não é mais nem menina nem é mais sonhadora. A pedra é muito concreta. O seu sonho se tornou inevitável.

Mas o que acontece com um sonho que se torna inevitável?

E com a sonhadora, meu Deus, o que acontecerá?

79. Deixa ela entrar

A porta estava trancada.

A porta estava sempre trancada – sem nem pensar já há muito tempo eu dava duas voltas à chave, assegurando que ninguém pudesse arrombar a entrada.

A casa era à prova de surpresas, assim. Havia o porteiro, o interfone, o elevador, o corredor e enfim a porta cerrada. Havia tempo para agir e tempo para reagir: entre uma visita inesperada e meus olhos e mãos havia um bosque de saídas, atalhos e desculpas perfeitamente toleráveis.

O mundo era seguro, daquela sala – bastava dar duas voltas à chave.

Quando ela se insinuava, então, eu nunca me surpreendia. Embora ela não me dissesse de onde vinha ou para onde iria, eu mantinha a majestade nos domínios do condomínio. Ela vinha pelas próprias pernas, pelo próprio desejo, mas em última instância era eu quem girava, ou não, a chave.

Era o que eu achava: eu a deixava entrar. Ou seria o contrário?

Começou num acidente e acidentalmente decidimos prosseguir. Mansamente. Em um dia qualquer eu dei uma volta só à chave, sem perceber. Não pensei muito sobre isso. Talvez estivesse cansado, talvez estivesse apenas economizando um pouco de energia. Nada mudou: porteiro, elevador, corredor, porta. Eu ouvia a campainha e tinha mais um minuto para colocar as coisas no lugar, para projetar a imagem que me convinha.

Até que em outro dia, ainda mais distraído, deixei a porta destrancada. Ela não sabia – ou talvez soubesse e não tivesse coragem de testá-la: seguir, entrar, ficar. Quando ouvi o elevador chegando não contive o sorriso diante da porta encostada. Abri-a lentamente e vi seu olho esquerdo cintilar na fresta iluminada.

Veio e saiu. Depois sumiu, atolada em medos e compromissos.

Mas a porta continuou destrancada.

Fui tocando a vida – triste, doce vida. Música, café, comida, vinho, filmes e livros. Amigos; amores; despedidas.

Danço, bebo, cozinho, assisto e leio. Durmo. Gozo. Sonho.

Entre uma coisa e outra, deixo a porta aberta.

À noite, sonho. Sorrateira, quem sabe ela volte a penetrar a minha casa. Reaparecerá, sem aviso, corajosa e convicta, como quem desliza por entre portões, porteiros, escadas e corredores sem hesitar – e, finalmente, testa a porta destrancada.

Ainda tonto de sono, tentando entender o que se passa, como quem desperta de um sonho em pleno curso, volto meus olhos para os olhos dela, que sorri. Segura o meu rosto entre as suas mãos compridas e macias e derrama um sorriso imenso sobre mim.

Um sorriso livre, enfim.

– Você deixou a porta aberta.

Este livro foi produzido no Laboratório Gráfico
Arte & Letra, com impressão em risografia
e encadernação manual.